나를 위로해 주는 사람들

나를 위로해 주는 사람들

어느 애서가의 인문고전 읽기

김준현 지음

좋은땅

나의 A에게

• 프롤로그(Prologue): 위로가 필요한 그대에게

소소한 의견이지만 〈나는 자연인이다〉라는 TV 프로그램이 사람들의 주목을 끌 수 있는 이유 중의 하나가 저마다 다들 '외로워서'라고 생각합니다. 얼핏 생각하면 외로우면 사람들과 함께하는 게 당연한 이치인데, 산에 가서 혼자 살고 혼자 밥해 먹고 혼자 잠을 자는 삶을 사는 사람들에 대한 동경을 가진다는 게 도시 이해가 되지 않을 수도 있겠지요. 제가 말하는 외로움은 관계에서 오는 외로움입니다.

이렇게 말하고 나니 아하, 하고 동의하시는 분들의 시선이 느껴집니다. 그도 그럴 것이 '군중 속의 고독'이라는 말은 일상어 수준으로 자주 쓰이기 때문입니다. 실제로 좋은 사람들과 함께 술잔을 기울이는 축복된 시간을 가지는 그런 순간에도 외로움을 느끼는 사람들이 빈번합니다. 일일이 설문조사를 해 보지 않아 확언할 수는 없더라도 인간관계라는 무대 위에서 깔끔하게 적응하지 못하거나 타인의 눈치를 보느라 자신을 숨기거나 소통 그 자체에 쉽게 지치는 사람들을 발견하는 건 그리 어려운 일이 아닙니다. 그런 이들에게는 타인과 적절한 관계를 유지하는 것이 굉장한 중노동일 수도 있겠다, 라는 생각도 듭니다. 그렇다고 그럴 때마다 '너랑은 안 놀아' 하고 관계를 끊어 버릴 수는 없는 거니까요.

사람들과의 관계를 단절할 수 있는 건, 설령 그렇게 하더라도 개인의 삶에 견딜 수 없는 불편이 없어야 가능합니다. 어쩌다가 한 번 만나는 관계는 그럴 수 있겠지만 매일 만나는 직장동료, 혈연으로 묶인 가족(혹은 지연으로 묶인 가족), 그래도 친하다 할 수 있는 친구 몇몇, 오랜 시간 동안 함께 호흡하며 정을 나눈 동호회에서 만난 사람들과 같은 이들은 대놓고든 속으로든 오늘부터 끝이야, 라고 하기가 쉽지 않습니다. 그랬다가 나중에 후회할 수도 있고 좋은 사람들을 잃을 수도 있으니까요. 사정이 그러하다 보니 불편함을 참고 끙끙 앓거나 아프고 외로워질 수 있습니다. 그런 그대, 그냥 방치하지 말고 따스한 위로가 필요합니다. 누구나 산으로 가서 혼자 살 수는 없을 테니까요.

따뜻한 말 한마디가 큰 힘이 될 수 있는 경우는 참 많습니다. 어떨 때는 그냥 커피 한 잔 건네며 수고했어, 라고 말해 주는 사람이 너무 고마워 안기고 싶을 때도 있습니다. 위로의 힘입니다. 지치고 힘들 때, 작은 위로 하나가 디오니소스 신이 건네는 에너지 드링크가 될 수 있음을 우리는 자주 경험합니다. 문제는 뻔한 위로를 받는 경우와 위로받아도 치유되지 않는 강력한 트라우마를 겪었을 때입니다.

괜찮아, 괜찮아, 하며 소주 한잔과 함께 흡입되는 위로가 가벼워서 때로는 편안해지는 것도 사실입니다. 그 이상을 어떻게 할까요. 그렇게 쉽게 털고 가는 것도 나쁘지 않겠지요. 서로가 들어 주고 이해해 주고, 뭐 그러다 보면 끈끈한 연대감도 생길 테니까요. 밀란 쿤데라 식으로 말하면 '서로의 귀를 쟁취하고 내어 주는 과정'을 통해 두통약처럼 가볍게 치유해 주는 그런 뻔한 위로법도 그 나름의 의미는 있다고 생각합니다. 그렇지만 때로는 지인들이 해 주는 위로들이 너무 자명한 대답이 요구되는 말들이어서 그런 정해진 위로법을 받는 게 귀찮은 과정으로 생각될 수도 있습니다. 몇 번 그러다 보면 사소한 상처들은 그냥 입을 다물고 혼자 삼키겠지요.

트라우마는 다른 문제입니다. 너무 예측 가능한 위로 받기는 뻔하더라도 그 문제의 원인이 사소해서 괜찮겠지만, 큰일을 겪은 사람은 웬만한 위로에도 그 상처가 아물 수가 없습니다. 위로 폭탄을 한 번에 쏟아부어도 또는 잦은 위로를 퍼부어도, 그건 어차피 위로를 해 주는 사람들의 노력이지 위로가 필요한 사람의 마음과는 별개이니까요. 백 개의 위로를 받는다고 해서 백 번 치유되지는 않습니다. 그게 단 한 번이라도 효과가 있을지 전혀 없을지는 아무도 모릅니다. 다시 말하지만, 위로라는 건 주는 사람들의 호의라고 할 수 있지만 그게 받는 사람들에게 도움이 될는지 아니 될는지는 어디까지나 위로가 필요한 이들의 영역일 테니까요.

그래서 단순하게 생각해 보았습니다. 우리는 누구에게 위로받아야 하는가. 어떤 위로가 내게 진정 도움이 되는가. 어떤 방식으로 위로를 받는 것이 좋을까. 가장 중요한 점은 내게 위로를 해 주는 사람이 무엇보다도 진심이어야 하고, 귀찮아하지 않아야 하고, 생색 내지 아니하면서도 지치지 아니하여야 하고, 나 스스로에게는 그 사람의 노고에 대한 미안한 감정이 생기지 않아야 한다는 것입니다. 안타깝게도 그런 사람은 잘 없습니다. 동일한 문제에 대해 지속적으로 위로의 처방전을 써 주고 알약을 입에 넣어 주는 행위는 쉬운 일이 아닙니다. 그럼 어떻게 해야 할까요? 제가 찾은 답은 책입니다. 특히 인문고전 속 사람들입니다.

주지하다시피 인문학은 사람에 관한 학문입니다. 인간의 삶, 행복, 욕망, 사랑, 죽음, 실존 등과 같은 주제가 인문학에서 다루어지겠지요. 흔히 '문사철(文史哲)'이라 불리는 문학, 역사, 철학이 인문학의 주요 분야인데, 여기에 언어학이나 예술사학, 종교학 등이 포함되기도 합니다. 아무래도 인간의 삶을 들여다보려면 인간이 구축해 온 문화와 사상에 관심을 가질 수밖에 없으니, 인문학의 갈래가 대충 어디까지인지 짐작하는 데 그리 어려움은 없을 것 같습니다.

한편 고전은 오랜 세월 동안 그 가치를 인정받아 널리 읽히고 살아남은 책이라 할 수 있습니다. 이처럼 고전은 유구함과 가치 두 가지를 모두 충족해야 하는데, 그 교집합에 해당하는 책들을 읽으면 마치 토마토를 많이 먹으면 몸에 좋다, 라는 조언처럼 정신의 토마토 섭취 과정인 것처럼 들립니다. 그러나 많은 이들이 당이 없다시피 한 토마토를 즐겨 먹지 않듯이 - 요즘에는 달디단 스테비아 토마토가 유통되기도 하지만 - 현실과 멀리 동떨어진 느낌을 주는 고진도 잘 읽지 않습니다. 그러다 보니 혹자들이 언급하듯이 '제목은 아는데 읽어 보지 못한 책'이 고전이라는 우스갯소리가 회자되는가 봅니다.

아무튼 인문학에 관한 오래되고 가치 있는 책이 인문고전이라는 정의를 받아들이고, 인문고전을 본격적으로 읽게 된 지도 어언 10여 년이 훨씬 지났습니다. 대개 삶의 결정적 변화가 치유의 목적으로부터 출발하듯이, 처음에는 좀 외로워서 시작했다고나 할까요. 알베르 카뮈의 "참으로 단 하나뿐인 진지한 철학적 문제는 자살이다."라는 도끼로 머리를 내리치는 경구를 생각하면서 나의 외로움을 구원해 줄, 즉 "삶이 살 만한 가치가 있느냐 없느냐를 판단하여 철학의 근본 문제에 답해 보는" 시도에 동참해 보고자 결심했던 것입니다.

독서를 해 나가면서 이런 생각이 들었습니다. 협심증을 치료하기 위해 비아그라를 복용한 남성들에게서 오히려 발기부전 치료제의 가능성을 발견했듯이, 외로움을 치유하기 위해 인문고전 읽기를 하니 지적 탁월함 혹은 미덕(아레테, Arete)을 경험할 수 있었다는 것입니다. 막연히 덜 외롭게 살려고 시작한 인문고전 읽기가 아레테를 추구하기 위한 과정으로 업

그레이드되기도 한 것입니다. 차이점은 비아그라가 협심증에는 기존 약품에 비해 의미 있는 영향을 미치지 못한다고 하지만, 인문고전 읽기는 외로움을 달래주는 데도 그만이다, 라는 것입니다.

무엇보다도 마음피부에 와닿았던 건 인문고전 속 사람들로부터 받은 위로들입니다. 탁월한 미덕을 지닌 그들은 힘들거나 외로울 때 언제 어디서나 일종의 위로 처방전을 주었습니다. 그 지침대로 생각하고 행동하다 보면 마음에 난 구멍이 메워지는 느낌을 받았습니다. 평범한 미덕을 지닌 인문고전 속 인물들도 위로를 주기는 마찬가지입니다. 동일한 눈높이와 마음높이로 공감해 주고 격려해 주었습니다. 미덕이라고는 눈곱만큼도 찾아볼 수 없는 보잘것없는 존재들이 전하는 메시지도 큰 위로가 되었습니다. 저들도 저렇게 살아가는데 내가 더 행복하게 못 살 이유는 없으니까요.

위로가 필요한 그대들에게 인문고전 읽기를 추천합니다. 속는 셈치고 일 년만 인문고전 읽기에 빠져 보는 건 어떨까요. 브라운 아이즈의 〈벌써 일 년〉은 기다림을 위한 시간이지만 독자 여러분의 벌써 일 년은 위로받으며 성장하는 시간일 테니까요.

그러다 보면 인문고전이 그대 삶 속으로 뚜벅뚜벅 걸어 들어가 그냥 삶의 전부가 될지도 모르겠네요. 처음에는 가까이 다가가려고 애를 쓰겠지만 어느 순간이 되면 버릴 수 없는 자웅동체의 시기가 올 수도 있습니다. 그때쯤 되면 그대 생은 덜 외롭겠지요. 덜 흔들리겠지요.

목차

위로 네 마디:

용기 있게 살기

위로 다섯 마디:

사랑하고 사랑하기

위로 여섯 마디:

의미 그 너머의 의미 있는 삶 살기

위로 한 마디

내 삶의 주인 되기

가능성을 현실로 바꾸지 못해 포기하고 싶을 때

서머싯 몸의 『달과 6펜스』

요즘 많은 사람들이 알고 있는 'MBTI 성격유형검사'는 참으로 미래지향적이다. 그것은 MBTI 유형에 따른 인간 성격분석이 우리에게 일종의 '가능성'을 제공하기 때문이다. 즉 우리는 자신의 유형에 따라 더 나은 이러이러한 사람이 될 수 있을 거라는 믿음을 제공받는다. 예를 들어 ISFJ 경우에는 '지킴이형 혹은 공감형'이라는 호칭이 주어지고 그에 따른 특징이나 장점이 야무지게 정리된 공책 필기처럼 꼼꼼하게 나열되는 식이다. 어떤 사람이 그 타입이라면 그 자신은 예쁜 인간관계를 중시하고 타인에 대한 공감 능력이 뛰어난 사람이라고 생각한다. 현재 그렇다면 스스로 최면을 걸고 살아가면 되고, 현재 그렇지 않더라도 그런 사람이 될 수 있다는 가능성은 얼마나 매혹적인가. 더 바람직한 사람, 더 나은 사람으로 내딛는 것은 번데기에서 나비로 탈바꿈하는 그 이상으로 감동적이다.

가능성이 있다는 것은 삶의 힘이 된다. 우리는 꿈을 먹으며 살고 있지 않는가. 카르페 디엠을 아무리 외치며 살아 봐도 현실은 생각만큼 녹록하지 않다. 강퍅한 현실을 위로하는 방법 중의 하나가 꿈을 꾸는 것이다. 그 꿈이 설령 헛된 희망일지라도, 그래서 그 실현 가능성이 거의 제로에 가깝더라도 꿈꿀 수 있다는 건 지금을 견디게 하는 묘약이다. 헛되기에 애달프지만, 애달픈 줄 알면서도 그 헛됨을 사랑할 수밖에 없는 게 인간 조건이다. 그래서 드라마 〈미스터 션샤인〉의 고애신(김태리 분)이 유진 초이(이병헌 분)와 함께 미국에 가고 싶은 간절한 꿈을 꾸면서도, 도저히 그럴 일은 있을 수 없다고 여길 때, 그렇게 애절했던가. 그래도 나쁘지 않다. 판도라(Pandora)가 상자를 열어 온갖 재앙들이 이 세상에 널리 퍼져 나갔지만, 희망만이라도 남아 우리를 위로해 주니, 설령 헛될지언정 그것도 다 생각하기 나름이다. 어차피 우리 대부분의 인간은 먼저 깨닫는 프로메테우스(Prometheus)가 아니라 후에 깨달을 수밖에 없는 에피메테우스(Epimetheus)다. 미리 대처하고 철저하게 계획하지 못해 잦은 실수를 하고 허방에 빠져 후회하고 반성할 수밖에 없다면 다음엔 잘해야지, 라는 희망이라도 품어야 할 것이다. 판도라가 에피메테우스의 아내라고 생각하니 적잖이 위안이 된다.

그래서 사람들이 버킷리스트(Bucket list)를 써서 눈에 띄는 곳에 두고 자주 보는 것은 가능성 혹은 꿈을 현실화해 보고자 하는 의지나 희망이다. 양동이를 엎어 두고 그 위에 올라가 양동이를 걷어찰 수밖에 없는 절박함은 아닐지라도 - 'to kick the bucket'은 '죽다'라는 영어 구어 표현이다. 목에 밧줄을 걸고 양동이를 걷어차면 죽을 수밖에 없는데 버킷리스트는 여기에서 유래하였다 - 사소하나마 기록된 꿈 목록은 그 자체가 의미가 된다. 설령 목록 중 일부 혹은 많은 부분이 이루어지지 못한들 무엇이 문제가 될까. 얼마라도 해낸 것이 중요하지 않겠는가. 적어서 손해 볼 일은 별로 없다.

〈시카고〉라는 작품에서 열연한 퀸 라티파(Queen Latifah) 주연의 〈라스트 홀리데이(Last holiday)〉라는 영화가 있다. 이 영화는 가능성에 관한 이야기이다. 조지아 버드(퀸 라티파 분)는 시한부 인생이라는 오진 판정을 받고 평소 자신이 동경하던 체코의 카를로비 바리(Karlovy Vary)로 마지막 여행을 떠난다. 그곳은 체코 프라하에서 약 130km 떨어진 온천 도시로서, 14세기 초 보헤미아 국왕이자 신성로마제국 황제인 카를 4세가 온천을 발견하고부터 유명세를 타기 시작했다. 그의 이름을 딴 카를로비 바리답게, 내게 있어 그곳은 예쁘게 생긴 온천수 전용 물컵, '라젠스키 포하레크'로 온천수를 시음했던 곳으로 기억되는데, 영화 속 그녀는 동계스포츠에 열광하는 모습을 보니 소망이나 바람이라는 건 이렇게 저마다 개인적이다. 그렇다면 어떻게 그녀는 (잘못 판정된) 죽음을 앞두고 그곳으로 가게 되었는가? 평소 그녀는 가능성(Possibilities)이라는 제목의 스크랩북에 그 도시와 그녀가 사랑하는 남자와 자신이 만든 요리 사진 등을 스크랩해 둔 것이다. 그녀가 그곳으로 갔을 때, 그리고 그녀가 사랑했던 남자가 눈을 헤치고 그녀를 찾아왔을 때, 그녀의 삶은 'Possibilities'에서 'Realities'로 바뀌었다. 가능성이 현실이 될 때 우리는 새로 태어난 느낌을 갖는다, 훨씬 자유로워진다.

밀란 쿤데라 식 철학적 사유로 접근해 보면 힙업이 어려운 이유는 중력 때문이다. 남자든 여자든 나이를 먹을수록 가슴이 아래로 처지는 것도 동일한 연유에서이다. 우리가 땅에 발을 디디고 있는 한, 중력을 거슬러 위로 향하는 건 그만큼 요원하다. 그래서 사이먼 앤 가펑클(Simon & Garfunkel)은 〈엘 콘더 파사(El Conder Pasa)〉라는 노래에서 땅에 얽매여 있는 사람들은 세상에서 가장 슬픈 소리를 낸다고 했을까(A man gets tied up to the ground/He gives the world its saddest sound). 중력을 거스르는 행위는 가능성을 현실로 만드는 도전이다. 그리고 여기 불가능할 것 같은 가능성을 현실로 바꾼 한 남자의 이야기가 있다.

『달과 6펜스』는 서머싯 몸이 1919년에 출간한 작품으로, 익히 알려져 있듯이 후기 인상파 화가 폴 고갱(Paul Gauguin)을 모델로 하는 작품이다. 나에게 있어 고갱은 가슴에 뭉클한 돌을 던진 작가다. 런던에 있는 코톨드 갤러리(The Courtauld Gallery)는 인상파 화가들의 집합소로 알려져 있다. 원래 나는 마네, 모네, 르누아르, 쇠라, 드가 등의 작품을 보러 갔는데, 고갱의 〈The Dream〉이라는 작품을 보고 그만 반해 버린 것이다. 그림을 보고 안구가 튀어나올 것 같은 먹먹함은 그때가 처음이었던 것 같다. 강렬한 원색으로 채색된 타히티 여인의 모습을 보고 원시적인 관능을 넘어서는 인간 실존을 느꼈다고나 할까.

책은 '나'라는 내레이터가 고갱을 본뜬 찰스 스트릭랜드의 이야기를 풀어 쓰는 일인칭 관찰자 시점으로 전개된다. 전체적인 줄거리는 한 줄 요약으로 간단히 말할 수 있다. 별일 없이 무탈하게 살던 중년의 런던 증권 브로커가 화가가 되겠다고 모든 것을 내던져 버리고 떠나 버린 이야기다. 가장 자본주의적인 주식 매수, 매도 버튼을 누르던 사람이 가장 창의적인 예술가로 변신하려면 아무래도 직장과 가족, 친구와 꽤 많이 거리를 두어야 하겠지만 모든 것을 내팽개치고 달아나는 게 어디 쉬운 일인가. 그래서 『달과 6펜스』라는 책 제목은 서로가 극단적이다. 본문에서 직접 언급되지는 않지만, 달과 6펜스는 두 가지 상반되는 입장을 대변한다. 즉, 달이 순수한 영혼, 인간 본성에 내재되어 있는 원초적 감성 혹은 절대적인 근원을 의미한다면 6펜스는 자본주의라는 물질적 세계, 저열하고 상스러운 세속적 가치 또는 이 땅의 욕망에 인간을 박제하여 묶어 두려는 인습을 상징한다. 그렇다면 늑대가 달을 향해 하울링하는 것은 6펜스라는 세속적 지구에서 달이라는 영혼의 세계로 의사소통하려는 시도인가. 나는 비록 여기에 있지만 거기에 있는 너를 못 잊어 우우…… 그러나 스트릭랜드는 다르다. 그는 상상이나 생각이 아니라 진짜로 증권 브로커라는 '6펜스적 시공간'에서 화가라는 '달의 시공간'으로 이동했다. 달빛은 정말 사람을 미치게 하는 걸까.

사실 우리 대부분은 두 시공간을 함께 생활하며 꿈꾼다. 달의 시공간에서만 살자니 현실이 녹록하지 않다. 6펜스적 시공간에서만 살자니 살아가는 게 너무 허무하고 고단하다. 돈과 생계를 위해 전투적으로 살아가다가, 어느 날 갑자기 우연하게도 자신의 삶을 되돌아보는 직면의 순간을 마주하고 긴 한숨을 내뱉는다. '이렇게 사는 게 맞는가.' 우리는 서둘러 위시 리스트(Wish list)를 작성하거나 독서동아리에 가입하거나 색소폰을 연주해 보려 한다. 그러다 보니 달빛의 마성에 취해 모든 걸 버리고 떠나버리는 스트릭랜드라는 존재가 대리만족처럼 느껴지기도 한다. 전부가 아니면 아예 포기해 버리는(All or nothing), 그래서 중간이 없는 사람. 생각해 보면 그는 참으로 소설적이다.

주위를 살펴보면 내면의 목소리를 찾아 떠나는 스트릭랜드의 삶과 여정은 인간사 곳곳에서 만나 볼 수 있다. 그렇게 차고 넘친다는 의미는 오히려 그렇게 살기가 쉽지 않다는 방증이기도 하다. 고인이 된 스티브 잡스는 자신의 마음속 목소리(inner voice)를 따라 살라고 했다. 유명한 폴란드 축구선수 레반도프스키는 "내 안의 무언가가 죽었다"라고 하며 뮌헨에서 바르셀로나로 팀을 옮겼다. 2012년 잉글랜드 축구팀 아스날에서 맨체스터 유나이티드로 이적한 판 페르시는 "내 안의 작은 아이가 속삭여서" 그랬다고 했다. 『그리스인 조르바』의 조르바는 사회가 규정한 감옥살이 지침을 던져 버리고 제 자유의지대로 살려 했다. 그러고 보면 책 세상 속 주인공들이나 이 세상 인간들의 완전한 자유를 향한 단호한 결단은 달빛을 따라 살려는, 그래서 내 식대로 살아가고자 하는 마음의 다양한 변주다.

다시는 돌아가지 않겠다, 결정을 번복하진 않겠다, 라는 짤막한 편지를 남기고 파리로 훌쩍 떠나 버린 남편을 설득하기 위해 스트릭랜드 부인 에이미는 작중 화자 '나'를 보낸다. '나'는 그를 설득하기 위해 여러 가지 논리를 펴 보지만 그는 요지부동이다. 마치 거미줄처럼 얽힌 인습에 저항이라도 하듯이 그의 워딩은 완전한 자유인의 모습이다. 왜 부인을 버렸냐고 하니 그림을 그리고 싶다고 한다. 단호하다. 우리의 생각으로는 가정생활을 하며 취미로 그림을 그려 보는 것이겠지만 - 하기야 그렇게 하다 보니 온전한 예술가가 되는 것이 쉽지 않겠지만 - 그에게는 그런 대안은 그저 어불성설이다. 나이가 사십이라고, 너무 늦었다는 뜻을 비추니 그래서 더 이상 미룰 수 없다고 한다. 맞는 말이긴 하다. 그러나 그 맞는 말이 어디 쉽게 생각할 수 있는 결정이던가. '나'는 벽과 이야기하는 느낌을 받는다.

저 유명한 "당신의 모든 행동이 보편적인 법칙에 적용될 수 있도록 행동하라"는 칸트의 정언명령조차도 스트릭랜드에게는 헛소리에 불과하다. 그것은 그가 살고 싶어 하는 방식대로 살려고 하기 때문이다. 다 그렇게 살면 어쩌냐는 걱정은 붙들어 매라고, 자기처럼 사는 사람은 거의 없기 때문이라고 말하는 데 이것도 거의 맞는 말이다. 그와의 대화를 통해 '나'는 '양심'에 대해 이야기한다. 우리가 말하는 그 양심이 맞다. "너 양심이 있니, 없니?"라는 말을 우리는 얼마나 자주 했던가. '나'에 따르면 스트릭랜드는 양심이 없는 사람이다. 그러면서도 '나'는 그를 무조건 싫어할 수는 없다. 양심의 원칙을 따르지 않는다는 것, 그것은 보편적 삶에 반하는 개인의 자유의지일 수 있기에. 양심이라는 지배 이데올로기에 대한 '나'의 견해를 들어 보자. 무릎을 '탁' 치게 하는 말이다.

> 양심은 우리가 공동체의 법을 깨뜨리지 않도록 감시하는, 우리 모두의 마음속에 있는 경찰관이다.[1]

김동명 시인의 "내 마음은 호수요"라는 시의 첫 구절이 서정적으로 충만한 은유법의 대표적 예라면, 양심은 경찰관이라는 은유는 처절하게 뼈 때리는 발상이 아닐까. 양심 때문에 우리는 우리를 잃는다.

남편의 소식을 들은 에이미는 분노한다. 그리고 절대 용서하지 않겠다고 한다. 여자에게 넋이 빠져 같이 달아났다면 용서하겠지만, 그림을 그리겠다고 가정을 버린 남자는 절대 용서할 수 없다고 했다. 그녀는 알았던 걸까. 그런 남자는 죽어도 되돌아오지 않는다는 것을. 그녀는 왜 절대 용서할 수 없는 걸까. 바람나서 떠난 남자라면 용서라는 이름으로 평생 부채 의식을 가진 남자를 끌어안을 수 있다고 생각할 수 있겠지만, 아내를 버릴 만큼 꿈을 향해 달아난 남자는 꿈의 크기가 자신의 크기보다 크다고 생각하였을지도 모른다. 한 남자가 추구하는 꿈보다 덜 사랑받는 여자의 삶이란 헛되다고 생각했을지도. 그런데 그녀의 판단은 결은 다를지몰라도 옳을 수도 있다. 스트릭랜드는 이런 말도 했으니 말이다. 모를 일이다.

"여자는 말이오. 자기에게 해를 입힌 사람은 용서하지. 하지만 자기를 위해 희생한 사람은 용서하지 못해."[2]

더크 스트로브라는 남자가 있다. 그는 무엇을 해도 우스꽝스럽게 보이는 인물이다. 마음도 착하고 돈도 잘 빌려준다. 『인간실격』의 요조가 생각나기도 하지만 요조보단 덜 철학적으로 보인다. 스트릭랜드는 그런 스트로브를 아무렇지 않게 이용한다. 무슨 악의가 있어서는 아니다. 스트로브가 그런 것을 좋아해서 그렇다고 말한다. 그도 화가인데 스트릭랜드의 작품을 걸작처럼 흠모한다. 그러고 보면 그가 최초로 스트릭랜드의 작품을 알아본 사람이 아니었을까. 그는 스트릭랜드가 병으로 다 죽게 되었을 때 자기 집으로 데려와 온갖 욕지거리를 들어가면서도 지극정성으로 간호한다. 집으로 들이지 말라고 스트로브의 아내 블란치가 그렇게 반대했음에도 불구하고. 그녀의 반대는 사랑에 빠질지 모르는 데 대한 두려움이었다. 결국 그녀는 짓궂은 에로스의 화살을 맞고 스트릭랜드에게 빠져들었으나 버림받아 자살하고 만다. 양심을 따르지 않는 스트릭랜드는 그녀의 죽음에도 아무런 가책을 느끼지 않는다. 그녀는 자신한테 버림을 받아서 자살한 게 아니라 어리석고 균형 잡히지 않는 인간이라서 그렇다고. 이와 유사하게 작품 곳곳에는 여성에 대한 비하가 들어 있다. 여성 혐오에 대한 작가의 서술은 오늘날에는 더 큰 논란거리가 된다. 이러한 측면이 작품의 전체적인 주제 의식을 갉아먹을 수 있을 것 같아 안타깝다. 인간의 모든 인습에 저항하는 스트릭랜드의 삶을 그려 나가기 위해 선택한 작가의 의도였을까, 아니면 원래 작가가 여성에 대한 혐오증이 있었던 걸까. 스트릭랜드는 남녀 간의 사랑조차도 병이라고 한다. 그가 현대의 많은 독자들에게서 상식적으로 이해가 안 되는 공감 능력이 부족한 반사회적 또라이라고 낙인찍히는 이유가 될 수도 있다.

> "난 사랑 같은 건 원치 않아. 그럴 시간이 없소. 그건 약점이지. 나도 남자니까 때론 여자가 필요해요. 하지만 욕구가 해소되면 곧 딴 일이 많아. (…) 여자들이란 사랑밖에 할 줄 아는 게 없으니까 사랑을 터무니없이 중요하게 생각한단 말야."[3]

고갱처럼, 스트릭랜드도 타히티로 떠난다. 그곳에서 아타라는 여자를 만나 아이를 낳고 그림을 그리며 살아간다. 나병에 걸려 죽을 때까지 그의 예술혼은 사그라지지 않는다. 그의 삶은 항상 안락함보다는 고통이나 불편함을 감수하는 데 있다. 그것은 안락함이 주는 세상의 구속이 싫어서이기 때문이다. 조금 불편하면 더 큰 자유가 주어지기 때문이다. 인간사는 원래 그렇게 즐거움과 고통이 동전 양면처럼 붙어 있다. 고난의 길을 걸어가면서 흥분에 몸서리치는 사례는 사소하게는 피트니스 센터에서 웨이트 트레이닝을 하는 사람들이나 깎아지른 듯한 절벽 아래로 뛰어내리는 번지점프를 하는 사람들에게서 흔히 볼 수 있다. 한 걸음 더 나아가 산티아고 순례길을 걷는 사람들이나 심지어 4천 킬로미터가 넘는 퍼시픽 크레스트 트레일(PCT)을 종주하는 사람들도 있다. 타히티라는 원시적인 섬에서 운명과 동떨어진 삶을 살아가는 것이나 나병에 걸렸다는 말을 듣고도 담담하게 받아들이는 모습을 보면 그의 한결같은 삶은 살고 싶은 대로 살면서 인정해야 할 것은 겸허히 수용하는 것이다. 그리고 무엇보다도 그 기준은 사회가 정한 보편적인 룰이 아니라 자신의 마음속에 들어 있는 더 근본적인 원칙에 달려 있다.

죽기 전에 그는 자신이 기거하는 사방의 벽에 걸작을 남긴다. 아름답고도 음란한, 원시적이고 인간세계의 것이 아닌 작품 말이다. 그리고 유언대로 아타에 의해 불태워진다. 하나의 세계를 창조한 후, 우쭈쭈, 자부심과 에이 씨발, 경멸감으로 파괴해 버린 것이다. 그 정도면 천상천하 유아독존이다.

어떻게 사는지는 (혹은 죽는지는) 우리의 보편적인 고민이다. 그래봤자 별 볼 일 없는 하루가 또 지나가고 만다. 별 볼 일 없는 하루들이 쌓이면 큰 바람 없이 그냥저냥 살아가게 된다. 이생망(이번 생은 망했다)이라는 말이 그래서 생겼던가. 그렇다고 아무나 스트릭랜드가 될 수는 없다. 그건 보통 사람들에게는 대개 불가능의 영역이다.

나는 배분의 문제를 말하고 싶다. '6펜스에서의 삶'과 '달에서의 삶'을 자신의 행복점에 맞게 적절하게 분배하는 것이다. 5:5나 3:7이나 무엇이든 상관없다. 한쪽 발을 지상에 디디고 있는 한, 어차피 완벽한 황금비율은 불가능하다. 그럼에도 앞가르마의 비율이 우리 얼굴 모습을 꽤나 다르게 보여 주는 것처럼, 삶의 방식 배분의 정도는 우리들의 삶을 눈에 띄게 달라지게 할 수도 있다. 그저 공중으로 내뻗은 다른 한쪽 발이 그대로 있지 못하고 맥없이 그냥 땅으로 추락해, 두 발로 지구를 밟지만 않았으면 좋겠다.

내 마음대로 살지 못한다는 생각이 들 때

헤르만 헤세의 『데미안』

> 내 속에서 솟아 나오려는 것, 바로 그것을 나는 살아보려고 했다. 왜 그것이 그토록 어려웠을까.[4]

이 문장은 『데미안』의 처음과 끝이 아닐까, 아니 더, 더, 확대해 보면 올곧은 마음 근육으로 생을 자기만의 방식으로 살아가려는 이 땅의 모든 사람들에게 던져진 화두가 아닐까.

사실, 마음의 소리를 따르며 자신에게 주어진 생을 치열하게 살아가려는 주인공들은 그 온도 차가 조금씩 다르지만, 여기저기에 산재해 저마다 호흡한다. 주어진 삶의 에너지를 끝까지 소진해 나가는 『이방인』의 뫼르소가 있고, 단 하나의 꿈, 데이지를 향해 불나방처럼 덤벼드는 위대한 개츠비가 있고, 기존 질서와 규범으로부터 이탈하여 순수한 꿈을 꾸는 홀든이 있고, 신이 되고자 하는 남자, 파우스트가 있다. 공동의 품위를 위해 기꺼이 전쟁터로 나아가는 조지 오웰의 『카탈로니아 찬가』도 이 책을 닮았다.

어디 그들뿐이던가. 꿈은 꼭 인간의 영역만은 아닌 것. 조나단 리빙스턴은 갈매기의 품위를 지키기 위해 초특급 난이도의 비행 기술을 익혔고,

안도현의『연어』에서 은빛연어는 연어에게 주어진 숙명 같은 삶 대신, 자신만의 그 무언가를 살아 보려 하지 않았던가. 그저 먹고 자라는 것만이 삶의 전부가 아니라고 생각하며 자신의 보금자리인 나무를 내려와 여정을 시작하는 호랑애벌레는 또 어떻고.

그리고 수많은 에세이들, 삶의 지침서들, 동양고전의 꽃 중의 하나인『논어』까지 집단으로부터 흔들림 없는 개인으로서 우아하고 반듯하고 의연하게 살아가는 방법을 알려주는 책들은 얼마나 많던가. 그러고 보면 "왜 그것이 그토록 어려웠을까"라고 싱클레어가 독백처럼 주절거린 말처럼 그리 사는 것이 쉬운 일은 아닌 것이다. 그래서 나는 감히『데미안』을 가장 인문학적인 책이라 부르고 싶다. 그것은 사람들이 서로서로 알아가는 집단의 연대가 아니라, 단순한 두려움으로 인해 도피하며 패거리 짓기를 일삼는다는 데미안의 말에서 가장 인문학적인 삶의 방식은 어쩌면 홀로 반짝이는 북두성 같은 존재로서의 삶이 아닐까, 하고 반문해 본 것이다.

책의 전반부에 등장하는 싱클레어는 세상 모든 곳에서 흔히 볼 수 있는 유형이다. 우유부단하고 착하게 살아 보려고 기존의 질서에 묵묵히 순응한다. 그 모습은 헤르만 헤세의 또 다른 책,『수레바퀴 아래서』라는 작품에서도 볼 수 있다. 주인공 한스는 기존의 사회통념에 억지로 맞추어 살아가려다 사회가 누르는 거대한 수레바퀴에 치여 버티지 못하고 자살하고 만다. 그와 다르게 여기 싱클레어는 데미안을 만나 구조됨으로써 이 책의 방향성은 달라진다. 한스는 토닥토닥, 내가 위로해 주어야 하는 대상이고 싱클레어 혹은 데미안은 외려 그들로부터 내가 위로받을 수 있는 대상이어서 그런지 예전엔 한스에게 더 마음이 쏠렸었다. 약자에게 정이 가는 본능적인 끌림이랄까.

그랬었는데, 계절이 몇 번 지나고 다시 만난, 생을 더 적극적으로 끌고 가려는 싱클레어와 데미안의 품격을 사랑하게 되었다. 느낌이 달라진 점. 그들이 너무나도 노골적으로 인문학적인 대화를 주고받는다는 사실을 알아채 버린 것이다. 우선 성경에 등장하는 카인과 아벨에 관한 이야기와 골고다 언덕에서 예수 옆에 매달린 도둑들에 대한, 기독교적 관점에서 보면 이단과 같은 재해석을 시도하는 건방짐이 그러했다.

> 새는 알에서 나오려고 투쟁한다. 알은 세계이다. 태어나려는 자는 하나의 세계를 깨뜨려야 한다. 새는 신에게로 날아간다. 신의 이름은 압락사스.[5)]

라는, 데미안의 편지가 또 그랬다. 신적인 것과 악마적인 것이 결합한 신성이라는 압락사스라는 말을 꺼내는 것은 얼마나 인간적인가. 원래 고대 그리스, 로마의 신은 인간처럼 별의별 신성을 다 가지고 있었다. 아름다움의 신 아프로디테는 가끔은 얼마나 뇌쇄적이고 천박한가. 신 중의 신 제우스는 세상을 편견 없이 다스리려는 신사 같은 점잖음을 보이다가도 바람을 피울 때는 기묘하게 변신하는 단순함을 지니지 않았는가. 헤라는 얼마나 질투가 많은가. 지혜의 신, 아테나도 가끔 얼마나 속이 좁은가. 그런 인간 같은 신들은 중세를 거치면서 착하고 거룩한 신만이 살아남았는데, 압락사스라는 못된 신을 들먹이는 데미안과 그 개념을 이해하려는 싱클레어는 얼마나 인문학적인가. 그 압락사스가 결국 자신만의 삶과 꿈을 도와줄 수 있는 표적의 신쯤 되지 않을까.

표적에 관해서도 이야기 한번 해 보아야겠다. 이마에 표적을 가진다는 의미는 깨어남을 지향하고 변화를 시도하고 무질서, 자유로움, 불확실성을 감내할 줄 알고 열린 태도로 세상을 만들어 가려는 의지를 보이는 운명처럼, 꿈을 좇으며 살아가는 것을 말한다. 그럼, 누가 표적을 지니고 있는가. 압락사스가 그렇고 카인이 그렇고 데미안과 그의 엄마 에바 부인, 싱클레어가 그렇다. 싱클레어가 데미안, 에바 부인의 집으로 초대를 받았을 때, 표적을 지닌 그들은 서로들 이미 알고 있는 것처럼 금방 친구가 된다.

책 밖으로 지평을 넓혀 보면, 아마 앞부분에 언급했던 자신의 오롯한 삶을 살아 내려는 주인공들이 그러하지 않을까, 생각해 본다. 그런 사람들이 있다. 이마에 표적을 찍어 세상 사람들이 오른쪽으로 갈 때 왼쪽으로 가고, 보이는 것을 믿을 때 보이지 않는 것을 믿고 싶은 사람들. 너 도대체 왜 그러니, 와 같은 물음에 싱긋 웃어 주며 제 갈 길을 가는 사람들. 의지가 흔들리지 않도록 이마에 표적을 아로새긴 그런 사람들이 있다.

에바 부인과 싱클레어의 사랑에 대한 구절도 살펴보자. 처음 에바 부인이라는 이름을 들었을 때, 어처구니없게도 - 나는 이렇게 곧잘 엉뚱한 상상을 하곤 한다 - 한때 프리미어리그 구단 첼시의 팀 닥터였던 에바 카네이로를 떠올렸다. 작지만 스페인적인 매력을 지닌 여성이었는데, 그 여자가 의약품 통을 들고 스탬퍼드 브릿지 구장을 가로질러 뛰는 모습을 직관하고 싶어 첼시 선수가 가벼운 부상으로 한 명 쓰러지기를 바랐던 유아적인 발상을 한 적이 있는데, 책 속의 에바 부인이 내 이야기를 들으면 싱클레어에게 그랬듯이 이렇게 말할 것 같다.

> "사랑은 간청해서는 안 돼요." 그녀가 말했다. "강요해서도 안 됩니다. (…) 언젠가 내가 아니라 당신의 사랑이 나를 끌면, 그러면 내가

갈 겁니다. 나는 선물을 주지는 않겠어요. 쟁취되겠습니다."[6]

내가 진짜 첼시의 에바를 보려고 했으면 온 마음의 힘들을 한데 모아야 했을까? 물론 농담이다. 아무튼 에바 부인과 싱클레어는 꽤 많은 나이 차에도 불구하고 소울메이트 같은 사랑을 한다. 친구의 어머니와도 사랑에 빠질 수 있는 것. 그건 표적을 달고 사는 동질감을 지닌 사람들의 믿음이자 사랑이다. 그들은 나중에 정신적으로나 육체적으로 서로에게 완전히 쟁취될 것 같다. 작가가 그것까지 소설로 녹여내기엔 그들의 언어는 아직 연금술처럼 순수하고 아름답다.

책이 끝나갈 때쯤, 공동의 품위와 조국과 명예를 지키기 위해 - 또『카탈로니아 찬가』가 떠오른다 - 데미안과 싱클레어는 1차 세계대전 전장에 참여한다. 그들은 자신들의 행위를 운명이라 이름 짓고 공동의 이상을 위해 기꺼이 목숨을 바칠 수 있다고 단정한다. 그리고 수많은 군인들 얼굴에서 동질성을 띤 표적을 바라본다. 그것이 비록 개인적인 이상은 아니지만 운명의 숙제처럼 떠맡겨진 공동의 이상이므로 꼭 해내야 함을 결심하는 것이다. 시대를 선택할 수 없는 개개인의 슬픔조차도 가능성으로 치환되는 장면이다. 거대한 수레바퀴 안으로 내몰려도 품위 있게 견뎌 내야 하는 것이다.

결국 싱클레어는 데미안을 완전히 닮는다. 이제 싱클레어는 혼자서도 살아갈 수 있을 것이다. 자기 내면의 소리를 들을 수 있을 것이다. 독립적으로, 자기 의지대로, 자신만의 방식으로 우뚝 설 것이다. 아파도 치유의 열쇠를 스스로 찾아낼 것이다. 그때쯤 되면 아마 수많은 나약한 한스들을 위로해 줄 수 있지 않을까.

그리고 이제는 우리가 싱클레어를 닮아 가야 할 때다. 그로부터 배우고, 내가 닮아 가고, 네가 닮아 가고, 서로들 이마에 표적을 새기고, 서로들 알아보고, 우리네 가까운 주변의 한스들을 이끌어 주어야겠다. 그러다 보면 우리의 한스들에게도 저마다 얼굴에 희미하나마 표적 마크가 솟아날지 모르겠다. 그때쯤 되면 우리 모두는 '우리가 사는 방식'에 더 열광하며 스스로에게 행복한 박수를 쳐 줄 것이다. 그 우렁찬 진동에 저 먼 이웃들도 깨어날 수 있으면 더 좋겠다.

지금 여기를 즐기지 못할 때

장 그르니에의 『섬』

내게 있어 『섬』은 '카르페 디엠(Carpe diem)'에 대한 이야기이다. 사실 카르페 디엠, 이라는 말은 이제 수많은 사람들이 식사 후 즐기는 후식처럼 자주 사용하여 - 고대 로마 시인 호라티우스(Quintus Horatius Flaccus)는 그랬으면 좋겠다고 염원했을지 모르지만 - 그 말이 주는 강렬한 어감이 좀 바랜 감이 없지 않다. 그렇다고 영어 식으로 '오늘을 즐겨라!(Seize the day)'로 표현하거나 죽음을 기억하여 현재를 충실하고 진지하게 살아가라는 의미의 '메멘토 모리(Memento mori)'라는 말을 써도 그닥 유난한 신비감은 생기지 아니한다. 네 운명을 사랑하라는 의미인 니체의 '아모르 파티(Amor Fati)'도 한 여가수에 의해 보편화되어 버렸다. 일상화된 표현이 된 것이다. 그러고 보면 많은 현대인은 이제 하루하루 생계를 걱정하는 수준을 벗어나 어떻게 살 것인가에 대해 진지하게 고민하는 철학적 사치를 누리고 있는 것이 분명하다. 그러하니 지금을 살고 있는 것은 감사한 일이다. 오늘을 살 수 있어서 나는 장 그르니에를 만나고 그의 글을 감상할 여력을 가질 수 있는 것이다.

『섬』에는 8가지 에세이가 실려 있다. 처음 읽을 때는 그 글들이 서로 연관성이 없이 따로 노는 것처럼 보였다. 따로국밥 형태의 글들은 몽환적이고 매혹적이었지만 온전한 이해의 여력은 부족했다. 다시 한 번 읽었다. 그건 책『섬』에 대한 들뜬 열망이기도 하였다. 책을 다 읽고 나서 채 하루가 지나기도 전에 다시 정독한 것은 아마 내 독서 인생에 있어 처음 있는 일이었다. 파편적인 사유들이 저마다 독립적으로 보일지라도 글들을 연결하는 키워드가 있으리라 생각했다. 한 번 더 읽고 나서 나는 그것을 '카르페 디엠'으로 받아들였다. 찬란한 지중해의 햇살이 비추는 곳, 알제에서의 삶은 얼마나 낭만적이고, 아무 걱정 없고, 발밑에 지구를 느끼며 사는, 현실 중심의 삶인가. 이태리 남부 소렌토 해안도로를 따라 달릴 때 나도 잠시 그런 생각에 빠졌더랬다. 아, 이렇게 살아갈 수도 있구나.

내가 이 책을 사랑하고 이해하게 된 첫 단추는 알베르 카뮈의 서문 덕택일 수도 있겠다. 그는 장 그르니에를 스승으로 섬겼다. 둘의 관계는 뜨거웠고 서로를 존경했다. 카뮈는『섬』의 서문에서 이런 말을 남겼다.

> 우리들에게는 보다 섬세한 스승이 필요하였다. 예컨대 다른 바닷가에서 태어나, 그 또한 빛과 육체의 찬란함에 매혹당한 한 인간이 우리들에게 찾아와서 이 겉에 보이는 세상의 모습은 아름답지만 그것은 허물어지게 마련이니 그 아름다움을 절망적으로 사랑하지 않으면 안 된다는 사실을 그 모방 불가능한 언어로 말해 줄 필요가 있었다.[7]

카뮈는 이런 말도 하였다. 북쪽 사람들, 그러니까 날씨도 좋지 않고 환경도 척박한 곳에 사는 사람들은 - 유럽 중북부쯤 되겠다 - 햇살 가득한 지중해를 꿈꿀 수 있지만, 지중해에 사는 사람들은 충분히 아름다운 삶을 누리는 만큼 더 나은 천국을 찾아 상상의 여행을 떠날 수밖에 없다고. 그러고 보면 지중해 사람들은 'now here'만을 생각하는 카르페 디엠적 사고만 가지고 있는 것은 아니다. 그들은 여기에 없는 혹은 여기보다 더 나은 곳을 상상해 보기도 한다. 결국 그래 봤자 'nowhere'이지만 말이다. 그러다 보니 지중해의 충만한 삶을 온몸으로 즐기는 사람들의 여행은 눈에 보이지 않는 상상의 세계로 떠나는 여행이거나 사방으로 개방된 바다에 떠 있는 신비스러운 섬에서 섬으로 떠나는 순례인 것이다. 그것은 어쩌면 인간의 숙명이다. 우리는 어디에 살든 더 나은 곳을 찾으려고 한다. 그래서 자우림은 〈샤이닝〉이라는 노래에서, "지금이 아닌 언젠가/여기가 아닌 어딘가/나를 받아줄 그곳이 있을까"라고 노래했을까. 온전히 지금을 즐기는 것은 그래서 어려운 일이다.

대체로 이 책에 나오는 문장들은 모호하기 짝이 없다. 작가는 다 말하지 않았고 글들은 다 말해지지 않았고 그래서 독자는 다 이해할 수가 없다. 온전히 이해할 수 없다면 방법은 두 가지뿐이다. 읽고 또 읽어 그 의미를 알아내기 위해 안간힘을 쓰던가, 아니면 약간은 불투명하게 내버려두고 자신만의 해석의 색깔을 입히는 것이다. 어떻게 하든 문장들을 곱씹어 읽어야 하는 것은 분명하다. 그리고 꼭꼭 씹어 읽다 보면 마치 아밀라아제의 성분이 녹말을 당으로 바꾸는 현상으로 인해 밥을 씹을수록 단맛이 나듯, 문장들로부터 달콤한 맛이 배어나 올 것이다.

먼저 「공(空)의 매혹」은 마음을 비우는 이야기이다. 사실 작가는 욕망을 충족하는 순간이 아름답다고 했다. 카르페 디엠을 외치며 살아가는 지중해성 인간형이 아니던가. 귀에다 대고 속살거리는 악마의 유혹에 넘어가서 살고 싶은 대로 사는 것, 그것은 매혹적인 삶이다. 그러는 어느 순간,

결정적인 순간에 광대한 자연 풍경 앞에서 우리는 왜소해짐을 느낀다. 거대한 풍경 앞에서 우리는 할 말을 잃고 우리의 욕망은 희석되어 사라지고 만다. 이때 우리는 공(空)이 주는 매력에 흠뻑 빠져드는 것이다. 욕망 대신에 공의 자리에 들어서는 순간이다. 작가는 어린 시절, 이런 것을 겪었다고 회상한다. 그의 말을 들어 보면 우리가 겪었던 많은 경험은 사실 그냥 잊히거나 묻히는 게 아니다. 어린 시절 우연한 추억이 우리네 삶을 결정지을 수도 있는 것이다. 다만 우리가 모를 뿐. 그래서 이런 유명한 문장이 탄생했다.

> 저마다의 일생에는, 특히 그 일생이 동터 오르는 여명기에는 모든 것을 결정짓는 한순간이 있다.[8)]

「고양이 물루」는 고양이를 통해 '나라는 인간'을 되돌아본다. 고양이는 자유를 만끽하면서도 도도하다. 고양이도 지중해성의 성격을 지니고 있어 자기네 삶을 즐기는 데 여념이 없다. 방탕과 피곤이 극에 달해서야 집으로 돌아오는 고양이에게는 탕아의 흔적이 가득 배어 있다. 흡사 밤새 쾌락과 열정의 연애를 마치고 새벽녘이 되어서야 집에 들어가는 바람둥이 같다. 카르페 디엠을 실천하는 고양이의 삶에는 실존의 냄새가 풍긴다. 아무런 일도 하지 않는 고양이. 인간을 위해 무언가를 한다는 것은 그에게 수치스러운 일일까. 개나 소와 비교하면 고양이는 얼마나 오만한가. 그의 건방짐을 살펴보자.

> 일체의 노동이란 노예 생활이라고 여기는 존재들이 거기서, 인간이

라면 오로지 가장 부유한 이들만이 누릴 수 있을 화려한 사랑놀이를 벌이고 있는 것이다.[9)]

개인적으로 나는 고양이 목각인형을 수집하는 것을 좋아한다. 거실 선반에는 프라하에서 산 고양이, 방콕 고양이, 발리 고양이, 말라카 고양이 등이 저마다 시니컬하거나 자존감 쩌는 눈빛으로 한껏 우아한 포즈를 취하고 거실을 내려다보고 있다. 살아 있는 고양이가 두려워 멀찍이 떨어져서만 바라보는 내 성향을 고려해 보면, 목각 고양이에 대한 사랑은 대체재를 향한 탐닉이다. 생물 고양이와의 눈빛 교환을 통해 섬광처럼 뚫고 나와 짜릿한 전율을 일으키는 당당함 혹은 일체의 주저도 없는 오만함에 기가 팍 꺾이고 마는 나는 무생물 고양이를 내 앞에 세워둠으로써 마음의 보상을 얻고 그들의 옹골찬 미덕을 배우려는 것이다.

실제로 고양이가 그렇게 콧대가 높을 수 있는 것은 대지의 신으로부터 사랑을 받아서이기 때문이 아닐까. 데메테르 여신이 주는 힘 말이다. 땅에 배를 깔고 여신으로부터 대지의 기운을 받은 후, 꼬리를 하늘 높이 치켜들고 행진하는 고양이의 걸음걸이는 마치 슈퍼패션모델 나오미 캠벨의 워킹처럼 당당해 보인다. 이 정도면 (여)왕이다.

그런 고양이를 안락사시킨 후에서야 '나라는 인간'은 고양이를 잊을 수가 있다. 그 잊음은 어쩌면 고양이 물루로부터 배운 쿨함인지도 모른다. 마음은 아프겠지만 감정을 과장할 필요는 없다. 땅속에 묻힌 고양이의 무덤 위로 곧 쓸쓸한 낙엽이 뒤덮이겠지만, 서러운 감정으로 눈물을 뚝뚝 흘릴 필요는 없는 것이다. 살아 있을 때 그는 잘 살았고, 무엇보다도 제 의지대로 지금 여기를 제대로 즐기며 살았으니 '나라는 인간'은 그저 다음날 있을 이사 준비를 하면 되는 것이다. 여전히 마음이 쓰이겠지만, 연민의 감정을 쏟아 내지는 않는다. 어째 『이방인』의 뫼르소 같지 아니한가.

한편 남인도양의 섬들인 「케르겔렌 군도」에서는 비밀스러운 삶이 주는 매혹에 대해 적고 있다. 비밀스러운 생활은 아무도 없는 곳, 즉 무인도나 외딴곳에 가서 혼자 사는 것이 아니다. TV에서 볼 수 있는 '그 자연인들'과는 더욱더 거리가 멀다. 외려 비밀스러운 삶은 사람들로 붐비는 대도시로의 침투를 의미한다. 그곳에서 단순한 생활을 하고 공개적으로 도시를 나다니며 사람들과는 아무 의미 없는 주제를 가지고 솔직하고 적절하게 대화를 갖는 것이 필요하다. 자신의 생활을 완전히 개방하고 사는 것이 쓸데없이 세간의 이목을 집중하는 것을 방지하는 방법이다. 이는 범죄자들이 대도시에서 숨어 사는 이유와 비슷하다. 즉 군중 속에 섞여 들 때 개인의 삶은 더 많은 비밀을 가지는 것이다. 그렇게 감추어진 삶에는 평범한 위대함이 들어 있다.

내게도 감추어진 삶의 단면이 있다. 겉으로는 안정적으로 보이면서도 그 가려진 쪽에는 역마살이나 노마드의 핏줄이 흐르는 것이다. 하루 종일 말을 타고 달리다가 막다른 골목에 다다르면 더 이상 갈 데가 없어 엉엉 울며 집으로 돌아갔다던 중국 죽림 7현의 한 사람이었던 완적처럼, 나도 낯선 길을 걷는 것을 무척 좋아한다. - 이 책 파트릭 모디아노의 『어두운 상점들의 거리』 편을 읽어 보시면 되겠다 - 그리고 내가 그렇게 낯선 곳을 좋아하는 또 다른 이유를 장 그르니에는 마치 내 마음속에 들어온 듯이 친절하게 말해 주는 것이다.

비밀을 간직한 채 지낼 수 있다는 것. 비밀을 가진 사람은 큰 소리를 내지 않고 시종일관 겸손한 태도를 유지할 수 있다. 아무도 개인적인 질문을 하지 않고 아무도 신경 쓰지 않는다. 나는 나 자신을 설명하거나 증명하거나 내세울 필요가 없다. 사람들이 나를 편견 없이 바라보니 나는 낯선 곳에서 좀 부족하더라도 그럭저럭 겸허하게 지낼 수 있는 것이다.

그리고 이런 이야기도 있다. 「행운의 섬들」을 읽다 보면 여행이 주는 마력을 들여다볼 수 있다. 어떤 곳으로 여행을 떠나 숨이 막힐 듯한 아름다운 절경을 바라보고 있으면 그만 아연해져 죽고 싶어지는 것이다. 이는 '공(空)의 매혹'을 넘어서는 순간이다. 위대한 풍경이 선사하는 아름다움은 한낱 인간이 감당하기에는 너무나 벅차기 때문이다. 그 벅찬 느낌 이후에 찾아오는 감정은 헛됨에 대한 깨달음과 아무것도 아닌 자신의 초라함이 아닐까. 스위스 알프스산맥의 푸르카 패스(Furka Pass)를 달릴 때의 느낌이 나는 그랬었다. 아름다움에 취해 눈물이 고일 때, 작가의 말마따나 그건 찬미의 눈물이 아니라 차라리 무력함의 눈물이었는지도.

그럼에도 우리는 여행을 꿈꾼다. 일상이 주는 단순한 반복에 그리도 자주 넌더리 나는 걸까. 여기 지금, 이 순간을 즐기지 못할 때, 꼭 어디 특정한 장소를 가고 싶을 때, 버킷리스트에 적어 두고 고민하면서도 그럼에도 떠날 수 없을 때 우리는 무엇을 할 수 있을까. 구글 지도를 켜고 위치를 찾고 블로그를 찾아다니며 사진을 감상하는 것으로 끝낼까, 아니면 그냥 꿈이려니 하고 포기해 버릴까. 여기 「보로메의 섬들」에서는 또 다른 해결책을 제시한다. 어떤 꽃가게에 '보로메 섬으로!'라는 간판이 달려 있는 것이다. 보로메의 섬은 이탈리아 북부에 있는 아름다운 군도이다.

쿠바 아바나와 루마니아 부쿠레슈티에 가고 싶어 나는 휴대전화에 아바나 시각과 부쿠레슈티 시각이 함께 보이도록 설정해 두었는데, 나의 이런 행위도 '보로메 섬으로!'라는 간판을 단 그 꽃가게 주인과 같은 마음이던가. 절박한 꿈일까. 아니면 그렇게라도 설정해 두고, 대신 방구석에서 〈세계테마기행〉을 시청하는 것으로 그 마음을 달래려는 걸까. 그러나 일단 여기에서는 작은 암시로도 만족하자. 이런 것도 정녕 카르페 디엠일 수 있으니.

끝으로 카뮈 서문의 맨 마지막 부분도 언급해야겠다. 카뮈를 통해 장 그르니에를 만났지만 내게는 카뮈가 - 본인은 아니라고 손사래 치지만 - 실존주의의 첫 스승이다. 그 후 카프카를 만났고 이제 장 그르니에도 만났다. 카프카에게는 책이 내면의 얼어붙은 바다를 깨트리는 도끼이지만, 카뮈에게 있어 책은 『섬』 같은 책을 우연히 읽게 되는 낯선 사람을 향해 생기는 부러움의 감정이 들 정도의 소중함인 것이다. 책이라고 하면 적어도 이래야만 하는 것이다.

> 길거리에서 이 조그만 책을 열어본 후 겨우 그 처음 몇 줄을 읽다 말고는 다시 접어 가슴에 꼭 껴안은 채 마침내 아무도 없는 곳에 가서 정신없이 읽기 위하여 나의 방에까지 한걸음에 달려가던 그날 저녁으로 나는 되돌아가고 싶다. 나는 아무런 회한도 없이, 부러워한다. 오늘 처음으로 이 『섬』을 열어보게 되는 저 낯모르는 젊은 사람을 뜨거운 마음으로 부러워한다.[10)]

버릴 수 없을 때

헤르만 헤세의 『유리알 유희』

버린다는 것은 쉬운 일이 아니다. 언젠가부터 소유하는 것보다 버리는 게 훨씬 힘이 많이 든다는 사실을 알았다. 옷장을 열어 보면 이십여 년 전의 옷도 버리지 못하고 옷걸이에 걸어 두고 있다. 아까워서 못 버리다 보니 입지 않은 지 십여 년도 넘었는데 여전히 간택될지도 모를 가능성을 지닌 채, 정갈하게 모셔져 있는 것이다. 올봄에도 두 눈 질끈 감고 정장 두 벌과 가죽점퍼 한 벌을 헌 옷 수거함에 투척했지만, 여전히 많은 옷으로 가득 찬 옷장은 또 다른 의미의 헌 옷 수거함이 된 지 오래다. 어느 지인은 그래서, 한 벌 살 때마다 한 벌 버린단다. 그의 쿨함이 부럽다.

어디 의복만 그러한가. 집에는 버려지지 못한 것들이 방방에 빼곡하다. 어른들은 없이 살면 그리된다고 말하지만 단지 그것만은 아니다. 버린다는 것은 가난했던 지난 시절에 대한 학습 효과로부터 맹렬하게 도주하는 그 이상의 참신한 용기가 필요하다. 쉽지 않다. 그래서 이제는 아예 원인의 처음으로 되돌아가려 한다. 덜 갖는 것이다. 무엇을 사고 싶다는 생각이 들면 추가적인 물음을 던지고 고민해 본다. 이게 꼭 필요한 것인가. 필요성이 입증되면 그다음 절차는 매력적인 것을 구하는 것이다. 그래야 질리지 않고 오래갈 수 있다. 책장도, 침대도, 옷도 마찬가지이다. 버리지 못하고 고민하는 기회비용보다 돈 좀 더 주고 맘에 드는 것을 사는 게 훨씬 경제적이다.

사실 이런 사소한 이야기를 하려고 했던 건 아니다. 이제 더 무거운 소유물로 넘어가 보자. 단순히 말하면 먹고사는 문제이고 실존적으로 이야기하면 어떻게 사느냐의 문제다. 옷이야 두 눈 감고 버릴 수 있다. 그런데 남들이 인정하는 괜찮은 직업이나 높은 명예가 담보된 지위를 버리는 것은 두 눈을 골백번 감아도 쉬이 결단 내리기 어려운 일이다. 크게는 한 회사의 중책을 버리는 일이거나 사회로부터 대단한 존경을 받는 지위로부터 내려오는 일이다. 일 편하고 보수 후하게 쳐 주는 직장에 사표를 쓰는 것도 만만치 않은데, 누구나 부러워하는 위치를 초개처럼 버리는 것은 그야말로 보통 사람들에게는 있을 수 없는 선택인 것 같다. 그런데 이런 일을 하는 사람들이 아주 가끔 있다.

그런 사람들은 제임스 조이스의 『젊은 예술가의 초상』으로부터 힌트를 얻으면 '에피파니(Epiphany)'를 경험한 사람이고 - 그러고 보면 BTS(방탄소년단)은 인문학적 토대 형성에 상당히 기여하는 바가 크다 - 헤르만 헤세의 『유리알 유희』를 더듬어 가면 '각성'을 경험한 사람인데 사실 그 말이 그 말이라고 볼 수 있다. 앞의 『달과 6펜스』나 『데미안』 편에서 언급했듯이, 어떤 이들은 내면의 소리, 또 어떤 이들은 마음속 꼬마가 말을 걸어왔다고 하는데 이것도 역시 같은 이야기이다. 그렇다고 이런 일이 흔한 일은 아니다. 에피파니나 각성이라는 것이 쉽게 생기지 않을뿐더러 마음의 소리가 설령 들린다고 하더라도 대개 우리들은 잠시 고민하다가 흘려버리기 때문이다. 눈을 감고 귀를 닫는 게 현실적이다. 실존적인 결단은 아무나 하는 게 아니다.

『유리알 유희』의 요제프 크네히트는 '카스탈리엔'이라는 독립적이고 이상적인 교육주의 최고 수장인 '명인'이라는 직책을 내려놓으려 한다. 카스탈리엔은 국가로부터 모든 물질적 지원을 받으며 엄격한 정신 수양과 인류의 정신문화를 보존하는 비종교적인 수도회와 같은 곳이다. 수많은 영재들이 이곳에 모여 수도하고 공부하면서 명인이 되는 것을 최대의 영광이라고 생각하는데, 그는 그 위치로부터 하차하려 하는 것이다. 먹고 사는 데 걱정 없는, 안락하고 편안한 카스탈리엔에서 자신 마음대로 배우고 공부하고 연구하고 성찰하고 명상할 수 있는데 - 이를 유리알 유희라고 한다. 쉽게 말해 유리알 유희는 지적 생각의 놀이다 - 너무 편안하고 고립되고 정적이라는 이유로 역동적인 역사성이 있고 생동감 넘치는 거친 세상으로 나아가려는 것이다. 즉 세상에 나가 어린아이들을 가르침으로써 속세와 카스탈리엔을 이어 주는 교두보가 되고 싶다는 것이 그의 의지다. 불교식으로 비유하면 산속 암자에서 높은 영적 수준까지 수련한 고승이 모든 것을 버리고 속세로 나와 대중과 소통하고 호흡하며 살고자 하는 것인데, 이게 어디 보통 쉬운 일인가.

사직서 제출이 그리 만만한 게 아니다. 이제껏 어떤 명인도 죽을 때까지 명인 자리에서 물러난 적이 없다. 각성이나 영적 체험을 이유로 사직서를 제출하러 온 크네히트를 수도회 본부 수석은 이해하지 못한다. 법리적으로는 문제가 되지 않지만, 관행적으로는 그럴 수 없다. 다른 예를 들어 보면 가톨릭 교황이 어느 날 갑자기 사직서를 제출할 수 있을까. 한 나라 대통령이 각성이라는 이유로 자리에서 물러날 수 있을까. 수석에게 크네히트 명인은 치통을 예로 든다.

세상의 온갖 긴장, 고통, 갈등을 모조리 턱으로 모아놓은 듯한 치통 같은 것은 그 실재성이나 의미를 나중에야 농담으로 돌려 버릴 수 있을지 몰라도 겪고 있는 동안에는 의심할 여지 없고 터질 듯이 절절한 현실입니다. 저의 '각성'도 제게는 이런 종류의 절박한 현실성을 지니고 있습니다.[11]

치통을 비유로 들어, 깨달음이나 각성을 단순히 진리와 인식의 문제가 아니라 현실과 그 현실의 체험, 그것을 살아 내는 일이 중요하다고 일갈한 크네히트의 말은 참으로 옳다. 치통이라는 게 그렇다. 깁스를 한 다리처럼 눈에 뻔히 보이는 게 아니라 입속에 숨겨져 있는 치아가 아픈 만큼, 남들이 보기에는 '대놓고' 아프지 않아 보일지 몰라도 치통을 앓는 당사자는 아파 죽겠으니 얼마나 힘들고 절박한가 말이다.

그러고 보면 그는 참 겸손하고 인간적이다. 각성이라는 무거운 영역의 주제를 한 인간의 삶으로 끌어내리니 말이다. 세상 전체를 아우르는 진리가 아닌 한 개인의 살아 내기에 더 초점을 맞춘 각성에 대한 그의 생각은 포스트모더니즘 성격도 닮았다. 거대서사는 저리로 밀쳐 내고 개별성에 집중하는 게 그렇다.

책 속에 나오는 「단계」라는 시도 유념해서 읽어 보아야 한다. 이 시는 그의 각성을 이해할 수 있는 좋은 단초가 된다. 우리도 시적 자아처럼, 모든 시작에는 이상한 힘이 깃들어 있어 우리를 지켜 주고 살아가도록 도와줄 테니 그만 옛것으로부터 작별을 고하고 또 다른 세상을 향해 떠나 보는 건 어떨까.

어디에도 고향인 양 매달려선 안 되네 (…)
생의 어느 한 영역에 뿌리내리고
친밀하게 길드는 바로 그 순간, 나태의 위협 밀려오나니
(시 「단계」 중에서)[12]

배가 항구에 정착하고 있을 때 가장 안전하지만, 그것이 배의 정체성을 규정할 수 없듯이, 고향이나 제2의 고향에 뿌리내려 나른한 나태를 즐기는 삶을 살 때 각성하고 도약하고 길을 떠날 수 있는 우리의 유전인자는 영영 퇴색할지도 모른다.

우리에게도 저마다 '카스탈리엔'이 있다. 쉬이 버릴 수 없는 게 있다. 그것이 마음속에 있든 우리 바깥에 있든, 이를 지켜내려고 성채를 쌓고 해자를 판다. 각성의 소리가 들려도 어린아이가 두 손안에 간신히 사탕을 움켜쥐고 버티듯이, 우리는 성의 높이를 더 올리는 데 열중한다. 그러나 때로는 아무리 우리의 카스탈리엔을 요새화해도 소용없다. 마치 스리랑카 시기리야 락(Sigiriya Rock) 위에 지어진 고대 왕궁처럼 난공불락의 화강암 꼭대기 위에 쌓아 올려도 멸할 수밖에 없는 운명도 있다.

그래서 우리에게는 '유리알 유희' 같은 지적 유희가 필요하다. 무언가를 버릴 수 없을 때는 버릴 수 없는 이유가 있을 테고, 무언가를 버리고 싶은데 버릴 수 없을 때도 그 이유가 있고, 무언가를 버릴 수 없을 때 버려야 하는 경우도 있다. 성찰과 각성의 과정을 거쳐 새로운 단계로 도약하고 싶다면 그저 가벼워져야 한다. 가볍게, 가볍게 우리의 생각을 가지고 놀아야 한다. 날씬한 생각으로 감량할 수 있다면 무거운 인생과는 작별을 고하게 될 것이다. 그렇게 하다 보면 오래된 정장 한 벌 버리는 것은 시쳇말로 껌이다.

삶에 대한 주인의식이 없을 때

프랑수아즈 사강의 『슬픔이여 안녕』

영화 〈최종병기 활〉에는 이런 명대사가 있다.

"두려움은 직시하면 그뿐, 바람은 계산하는 것이 아니라 극복하는 것이다."

사실 그러하기가 쉽지는 않겠다. 신과 같은 아킬레우스가 아니라면, 두려움을 앞에 두고 벌벌 떠는 것이 인간적이다. 눈을 부릅뜨고 두려움을 직시하여 정면 돌파하려는 마음을 갖는다는 것. 어디 좀 영웅적인 면을 갖춘 위인들에게 해당하는 특성이 아니던가. 범부에게는 그저 가당찮은 말일 수도 있다. 겨우 할 수 있는 일이라고는 쫄리는데 덜 쫄리는 척하는 것이다. 폼이 떨어지면 정말 우스꽝스러워질 수도 있지만 그런 것도 다 무서워서 그랬다고 하면 이해받는다.

그렇다고 평범한 사람들이라고 두려움에 무조건 패배하는 것도 아니다. 실존적인 태도를 가진 그대라면 당당하게 두려움 따위는 직시할 수도 있다. 어차피 개인 내적으로 세상의 주인은 당신이다. 당신 앞에 나타난 두려움을 어찌할 수 없이 그냥 정면으로 맞아야 하는 상황은 거의 없다. 쉽지는 않겠지만, 죽기를 각오하면 상당 부분 넘어설 수 있고 속된 말로 존버할 수 있다. 코로나와 같은 치명적인 전염 바이러스도 마찬가지 아니었던가. 마냥 두려워하지 않고 마주하여 문제점을 알고 해결책을 모색할 때 우리는 극복해 낼 수 있었고, 지금은 아무것도 아닌 게 되었다. 두려움은 지나면 평범해지는 게 많다.

프랑수아즈 사강의 『슬픔이여 안녕(Bonjour Tristesse)』에서의 안녕, 은 봉주르라는 말에서 알 수 있듯이 만날 때 하는 인사말이다. 만일 이별의 인사였다면 아듀(Adieu)라고 하지 않았을까. 원제가 이래서 중요하다. 한국어 제목만 보면 깜박 속기가 쉽다. 그래서 이 책이 전하는 메시지는 우리가 흔히 알고 있는 치유 과정인 슬픔을 잊고 떠나보내자는 이별의 의미가 아니다. 김연자의 〈아모르 파티〉 가사처럼 - 나이는 숫자/마음이 진짜/가슴이 뛰는 대로 가면 돼/이제는 더 이상 ***슬픔이여 안녕***/왔다 갈 한 번의 인생아 - 카르페 디엠이나 욜로(Yolo)를 말하려는 것도 아니다. 외려 슬픔을 맞이하는 과정이다. 책은 17세 여주인공 세실이 자신이 꾸민 책략에 대한 일정한 분량의 죄책감과 미안함, 아릿아릿한 감정을 동반한 슬픔이라는 감정에 담담하게 인사를 건네는 과정을 그린다. 적정한 감정의 양이 아닌 얼굴을 들지 못할 정도의 미안함이거나, 담담한 마음이 아니라 북받치는 심정이었다면 아마 책 제목은 감정을 떨쳐 보내려는 의미인 『슬픔이여 안녕(***Adieu Tristesse***)』이 되지 않았을까. 그래서 이 책은 〈최종병기 활〉에서 두려움을 직시하는 주인공의 결연에 찬 태도와 그 결이 비슷할지도 모른다.

책은 이렇게 시작한다.

> 나를 줄곧 떠나지 않는 갑갑함과 아릿함. 이 낯선 감정에 나는 망설이다가 슬픔이라는 아름답고도 묵직한 이름을 붙인다.[13)]

그리고 책은 이렇게 끝이 난다. 처음과 마지막 문단. 맞이하는 슬픔의 '감정 백과' 사전적 의미로서 이보다 더 마음에 와닿는 표현이 또 있을까.

> 안, 안! 나는 어둠 속에서 아주 나직하게 아주 오랫동안 그 이름을 부른다. 그러면 내 안에서 무엇인가가 솟아오른다. 나는 두 눈을 감은 채 이름을 불러 그것을 맞으며 인사를 건넨다. 슬픔이여 안녕.[14)]

프랑수아즈 사강은 1935년 프랑스 남부 카자르크에서 태어났다. 그리고 2004년 그녀의 육신은 카자르크에 안치되었다. 카자르크. 마치 중앙아시아나 서아시아 지방의 어느 지명 같은 곳. 카자르크라는 곳은 돌연 내게 하나의 의미 있는 이름이 된다. 언젠가 때가 되면 프랑스 남부 여행을 하고 싶은 계획이 있는데 그때 카자르크에도 들릴 것이다. 영어식으로 표현하면 'wanna'가 아니라 'will'이라는 의지의 조동사쯤 된다. 카자르크는 곧 사강일 터니 그녀의 흔적을 찾아 발을 내디딘다. 이렇게 지구촌 어느 장소, 위도와 경도가 만나는 하나의 작은 지점이 새로운 인연이 된다.

사강의 본명은 프랑수아즈 쿠아레. 부르주아적이고 보수적 가풍의 집안답게 그녀의 아버지는 그녀가 쓴 작품의 저자로 쿠아레라는 가문의 성을 붙여서는 안 된다고 말한다. 그녀가 선택한 필명의 성은 사강. 사강이라는 가명은 마르셀 프루스트의 『잃어버린 시간을 찾아서』의 등장인물에서 따왔다. 재미있는 것은 사강이라는 인물이 사강 공작인지 아니면 사강

공작부인인지 애매모호하다는 것. 실제 그녀의 다른 작품『브람스를 좋아하세요』라는 작품의 등장인물을 보면 여자는 폴이라는 이름으로, 남자는 로제라는 이름으로 나온다. '나'라는 정체성만 확보할 수 있다면 나머지는 아무 의미가 없는 건가.

말이 나온 김에 그녀의 다른 책『브람스를 좋아하세요』 역시 굉장히 매혹적인 책이라고 추천하고 싶다. 나는 이 책을 2013년 2월 5일에 읽었다. 정확한 날짜를 알 수 있는 것은 책 안 표지에 읽은 날짜를 적어 두는 습관 덕이다. 독서일과 짧은 서평을 기록해 두는 건 생각 이상으로 의미 있는 일이다. 청춘이, 중년이, 노년이 지나가는 어느 나날에 적은 단상은 점처럼 흩어진 한 사람의 일생을 선으로 연결해 스토리를 만들어 주고 역사성을 띠게 해 준다. 위인이 아니라면 누가 어느 평범한 개인사를 정리해 주겠는가. 저마다 나름 이 세상에 흔적을 남기는데도 말이다. 당시 나는 이 책을 어떻게 읽어 냈을까. 이런 문장을 적어 두었다. 짧은 문장 덕에 나는 저 책이 삶의 권태를 담담히 받아들이는 책임을 기억한다.

'시몽은 또 여자를 만나겠다. 그땐 브람스 타령이 아닌 모차르트나 베토벤이 될 수도 있을 것이다. 그리고 곧 편안해지겠지. 폴처럼, 로제처럼, 익숙함과 권태로움으로.'

프랑수아즈가『잃어버린 시간을 찾아서』라는 책에서 사강이라는 필명을 선택했듯이, 영화 〈조제, 호랑이 그리고 물고기들〉의 여주인공은 사강의 작품으로부터 자기 이름을 선택한다. 즉 쿠미코라는 본명보다 소설 속 여주인공 조제, 라는 이름으로 불리길 원한다. 조제라는 이름은 사강의 또 다른 작품『한 달 후 일 년 후』에 등장하는 여주인공이다. 언젠가는 변해 버릴 덧없는 사랑에 대한 담담한 수긍이 그 두 명의 조제를 통해 눈물 없이 그려진다. 영화 속 조제는 사강을 많이 닮은 건가. 조제나 사강이나 삶은 그리 특별할 것도 없이 그냥 익숙한 습관 같은 것, 그래도 그리 나쁘지 않은 것이라고 받아들이는 것인지도. 그러면서도 두 여자는 자신의 삶에 확고한 주인의식을 가진다. 별 볼 일 없는 일들이 일상에서 벌어질지라도 자기 방식대로 묵묵히 나아갈 것.

나는 사강의 『브람스를 좋아하세요』와 영화 〈조제, 호랑이 그리고 물고기들〉과 김영하의 『나는 나를 파괴할 권리가 있다』라는 책을 거의 비슷한 시기에 만났을 것이다. 그것은 꼬리에 꼬리를 무는 식의 문화 편식 습관 때문인데, 그때 누락된 『슬픔이여 안녕』은 후에 읽게 되었으니, 조금 외롭다고 느껴지는 밤이 찾아오면 아마 다시 사강을 만나게 될 것이다. 어차피 그렇게 인생이라는 것은 나른하고 반복적일 테니, 그 속에서 나는 위로를 받는다.

자동차 속도에 광분하고 알코올에 중독되고 약물에 취한 사강의 삶은 빠르고 자극적이고 현란하고 꿈속을 떠도는 듯 환상적이었을 것이다. 사강은 실존적인 삶을 살아 내려고 했다. 어차피 한 번뿐인 삶, 제대로 자신만의 삶을 살려고 한 것이다. 그래봤자 허무와 권태로 가득한 포커 치는 방 안의 자욱한 담배 연기 같은 것일 수도 있다, 라는 현실과 마주쳤겠지만, 그래도 부닥치며 도전해야 하지 않을까, 라고 생각했던 게 분명하다.

마약을 소지했다는 혐의를 받고 법정에 섰을 때, 사강은 그 유명한 말을 남긴다. "타인에게 피해를 주지 않는 한, 나는 나를 파괴할 권리가 있다."

이것보다도 더 호랑이 같은 자신만만한 태도가 또 있을까. 그녀는 아무도 해치지 않겠지만 자기 삶에 개입하려는 타인을 몰아낸다. 영화 속 조제는 이런 말을 했다. "좋아하는 남자가 생기면 세상에서 가장 무서운 존재인 호랑이를 보고 싶었어." 조제에게 있어서 호랑이는 극복해야 할 이 세상이었다. 사랑하는 남친의 도움으로 두려움을 이겨 내고 세상을 향해 나아갈 수 있는 힘을 얻고 싶었던 조제는 그렇게 호랑이를 만난다. 그리고 조제도 호랑이처럼 독립적으로 살아가려 한다. 『슬픔이여 안녕』의 세실이 슬픔조차도 적극적으로 끌어안고 살아가듯이 삶에 대한 주체적 권한은 오로지 그들 개인 고유의 영역으로 남는다.

책 속 세실은 자신의 삶에 주인임을 이렇게 선포한다.

> 어떻게 해서든 분발해서 아버지와 나, 우리의 지난 삶을 되찾아야 했다. (…) 그 생활에는 생각할 자유, 잘못 생각할 자유, 생각을 거의 하지 않을 자유, 스스로 내 삶을 선택하고 나를 나 자신으로 선택할 자유가 있었다. 나는 점토에 지나지 않았으므로 '나 자신으로 존재한다'고 말할 수는 없다. 하지만 그 점토는 틀에 들어가기를 거부한다.[15]

삶의 주인은 나야 나, 라고 사람들은 외치곤 한다. 실상 우리들의 이름이 우리 것이지만 타인들에게 더 많이 불리듯이, 우리의 주인은 우리 자신이 아니라 남들일 때가 많다. 남 눈치 보면서 포장도로를 정속 주행하는 세상살이가 쉽다. 나야 나, 라고 주장하며 비포장도로를 달리거나 과속하거나 자기가 달릴 길을 스스로 닦아 나가는 것은 생각만큼 만만한 일은 아니다. 그럼에도 스스로의 삶에 독립기념일을 선포하고 싶을 때, 바로 그날에 현판이라도 하나 걸고 싶을 때, 프랑수아즈 사강을 만나기를 권한다. 그녀는 당신의 독립기념일에 자유롭게 펄럭이는 국기를 게양해 줄 것이다.

위로 두 마디

세상과 관계 맺기

완벽한 소통이 되지 않을 때

외젠 이오네스코의 『대머리 여가수』

인간은 습관적으로 폭력적이다. 매일 인간은 타인에게 알게 모르게 폭력을 가하며 살아간다. 그렇게 빈번하게 발생하는데도 문제는 당사자는 그렇다는 것을 모른다는 것이다. 그것이 인간 사회의 폭력이 일상생활 속에 나른하게 뿌리내린 이유이기도 하다. 소크라테스를 소환할 필요도 없이, 자신이 무지하다는 것을 모르는 것은 생각보다 위험하다. 주먹을 휘두르거나 욕설을 내뱉거나 하다못해 침이라도 뱉으면 그런 것들이 명백한 폭력행위임을 인지하겠지만, 우리가 하는 일상적인 폭력에는 가해자는 인지하지 못하고 피해자만 양산하는 폭력들이 너무나 많다. 사람들이 대개 가장 빈번하게 저지르는 폭력은 언어를 수반하지 않는 따발총 같은 시선폭력과 한두 마디 툭 던지는 다이너마이트와 같은 언어폭력이다. 우리는 타인의 시선에 주눅 들고 언어에 상처받는다. 이 두 가지 날카로운 송곳으로부터 자유로울 수 있다면 〈나의 해방일지〉의 염미정(김지원 분)이나 구씨(손석구 분) 같은 이들도 사람들과의 관계 맺기를 그토록 어렵고 두려운 노동으로 생각하지 않았을 것이다. 또, 외젠 이오네스코의 유일한 소설이라 할 수 있는 『외로운 남자』의 주인공, 외로운 남자도 아파트

수위 아주머니가 창을 통해 또 자신을 내다보며 관찰할지도 모른다는 일말의 불안감 없이 1층으로 나갈 수 있었을 것이다.

『대머리 여가수』는 언어의 폭력성과 언어를 통한 의사소통의 불가능을 역설한다. 그런데 그 방식이 재미있다. 이른바 부조리극이다. 부조리극은 1950년대 프랑스를 중심으로 시작한 전위예술로서, 대표 작가로는 외젠 이오네스코, 사무엘 베케트, 장 주네, 해럴드 핀터 등이 있다. 부조리극이 정확히 무엇인지는 몰라도 사무엘 베케트의 『고도를 기다리며』는 한 번쯤 들어 보았을 것이다. 그것은 1953년 파리 바빌론 극장에서 초연된 이후, 각국에서 워낙 오랜 시간 동안 상연되다 보니 널리 알려져 왔다. 『고도를 기다리며』는 블라디미르(디디)와 에스트라공(고고)이라는 두 남자가 고도(Godot)를 기다리는 게 처음과 끝이다. 고도가 누구인지 무엇을 하는지, 언제 오는지도 모르면서도 고도를 기다리는 것이다. 그냥 기다리는 건 지겨운 일이다. 그래서 '시간을 때우기 위해(to kill time)' 뭐라도 지껄여보는 것이다. 어차피 시간 때우는 게 목적이다 보니 소통 같은 것을 염두에 둘 필요도 없다. 내 시간 내가 즐겁게 쓰는 것이다. 그래도 그 기다림을 버틸 수 없다면 '목을 맬 수도 있으니(to kill themselves)' 이러나저러나 실존은 고통스러운 일이다. 결국 고도가 누구인지 정확히 아는 사람은 이 세상에 없다고 봐도 무방하다. 작가도 모른다고 했으니까, 고도가 도대체 무엇을 의미하는지 알 수 있는 방법은 실제로는 없다. 그래서 외려 고도를 알아가는 과정이 수월하게 느껴지기도 한다. 정답이 없다는 건 얼마나 무한한 자유를 주는가. 상상하는 대로 품을 수 있을 테니 고도에 대한 느낌은 온전히 독자 혹은 관객 개개인의 몫이다. 고도를 기다리는 그 지랄도 더 이상 못하겠으면 목이나 맬까, 라고 고고는 말했지만, 우리에겐 그런 절박함이 없으니 말이다.

주목해야 할 점은 고도를 기다리며 그들이 나누는 대화의 방식이다. 고도가 누구인지도, 심지어 실존하는지도 모르니 등장인물들이 나누는 대화는 두서없고, 이해되지 않는다. '뭐 이런 게 다 있어', 하며 책을 덮어 버리거나 극장 문을 박차고 나오고 싶지만, 신기하게도 '뭐 이런 게' 매력적으로 보이기도 한다. 서로가 혼잣말을 하고 서로가 서로의 말을 씹는 장면이 어디 문학예술 속에서만 있던가. 현실은 더 폭력적이고 참혹하다. 그 참혹한 인생사를 어이없다는 듯한 표정을 지으며 강 건너 불구경하듯 감상할 수 있는 건 인간이 만들어 낸 작품의 힘이다. 부조리 작품 중에서 『고도를 기다리며』 대신에 『대머리 여가수』를 여기에 소개하는 것은 순전히 덜 회자되었기 때문이다. 고도나 대머리 여가수나 마냥 기다려도 어차피 만날 수 없는 대상이라면 사람들에게 덜 알려진 대머리 여가수가 더 낯선 매력으로 다가올 수도 있을 테니.

우선 대머리, 그녀를 만나기 전에 부조리라는 용어를 먼저 살펴보자. 부조리는 알베르 카뮈의 『시지프 신화』에 잘 설명되어 있다. 우리가 아는 상식적 의미인 '이치나 조리에 맞지 않음', 을 한참 넘어서는 개념이다. 부조리가 무엇인지 카뮈의 설명을 들어 보자.[16)]

> 부조리는 인간의 호소와 세계의 비합리적 침묵의 대면에서 생겨난다. (…) 비합리와 인간의 향수 그리고 그 두 가지의 대면에서 솟아나는 부조리, 이것이 바로 한 실존이 감당할 수 있는 모든 논리와 더불어 필연적으로 끝나게 되어 있는 드라마의 세 등장인물이다.

한마디로 부조리는 합리성을 열망하는 인간이 비합리성으로 가득 찬 이 세계를 이해하려고 할 때 생기는 것이다. 어떤 일을 합리적으로 생각할 때 마땅히 그렇게 되어야 하는데, 그렇게 되지 않으니 부조리한 감정이 생겨나는 것이다. 알고 이해하고자 하는 욕구가 없으면 차라리 괜찮다. 문제는 깔끔하게 이해될 수 없는 상황에서 깔끔하게 이해될 수 있는 상황을 만들고 싶은 것이다. 그러다 보니 부조리극에는 인간들이 믿고 싶어 하는 마음에 반하여 이해되지 않고 믿어지지 않는 적나라한 현실이 등장한다. 그리고 그 접점에 부조리한 감정이 발생한다. 결국 인간은 아무리 이 세상을 이해하려고 해도 다 이해할 수 없다. 부조리는 논리로써 따지고 이해할 수 있는 것이 아니라 단지 감정으로 느끼는 것이다. 그러면 어쩌랴. 그냥 포기하고 부조리에 결박당한 채 이해할 수 없는 세계를 원망하며 자살이라도 해야 하는 건가. 그래서 카뮈는 제시한다. 시지프처럼 불굴의 의지를 가지고 반항하는 인간이 되라고. 산 정상까지 밀어 올린 바위가 설령 다시 떨어지는 형벌을 지속적으로 받더라도 굴하지 않고 그 무의미해 보이는 일을 끝까지 해내라고. 그게 바로 실존적인 인간이다. 그렇게 부조리를 당당하게 인식하는 게 깨어 있는 인간이다. 말이 쉽지, 그게 어디 버티기 쉬운 일이냐고? 그러면 그냥 죽어야 하는가? 튼튼한 끈이 없어서 목을 매달지 못하고 별수 없이 고도만 기다려야 하는 디디와 고고는 그래서 시지프적이다. 무의미를 의미 있게 긍정하는 것이야말로 진정한 반항 아니겠는가.

『대머리 여가수』는 시작부터 비논리적이다. 영국식 추시계가 영국식 종을 열일곱 번 울리니 스미스 부인은 이렇게 말한다. '어, 아홉 시네.' 뭐 그런 식이다. 처음에는 내가 잘못 보았나 했다. 두 번째에는 오타인가 했다.

그리고 '반연극'이라는 말이 떠올랐다. 그렇다. 반연극이 전위극의 일종이라고 볼 때 논리적으로 이해하려고 하면 곤란하다. 그냥 그러려니 하자. 시계가 고장 났을 수도 있으니. 양말 꿰매는 일에 푹 빠져 앞에 울렸던 종소리를 못 들었을 수도 있으니. 아니면 양말은 잘 꿰매고 있지만 내일 저녁 요리 메뉴에 골몰하고 있었을 수도 있으니. 이유를 열거하자니 우리네 삶은 원래 무논리로 가득 차 있는 것 같다. 누군가의 죽음에 대한 스미스 부부의 대화를 들어 보자.

> 스미스: (계속 신문을 읽으며) 쯧쯧 바비 와트슨이 죽었어.
> 스미스 부인: 어머, 어째, 언제 그랬대요?
> 스미스: 뭘 그렇게 놀라요? 다 알면서. 이 년 전에 죽었잖아요. 장례식 갔던 거 생각 안 나요? 일 년 반 전에.[17]

뭐 이런 식이다. 언어라는 이름을 매개로 한다는 인간의 대화가 너무 이치에 맞지 않다. 이렇다면 동물과 구분된다는 언어를 가진 생물이라는 인간의 위대함은 한낱 아무것도 아닌 것 같다. 그런데 가만 생각해 보면 이해하기에 그렇게 무리는 아니다. 인간의 기억력이라는 게 그렇다. 어제 있었던 일도 제대로 기억하지 못하는 인간이 타인이 죽은 날짜를 어찌 알까. 게다가 우리는 기본적으로 타인에게 무관심하게 설계되어 있지 않는가.

이번에는 마틴 부부가 스미스 부부 댁을 방문한다. 마주 보고 앉은 마틴 부부의 대화는 정말 웃프다. 서로 어디서 본 것 같은데 기억이 나질 않는다고 한다. 둘 다 맨체스터 출신 같다고 하면서도 확신하지 못한다. 뭐 과거의 일이니 그럴 수 있다고 치자.

대화는 계속 이어진다. 둘 다 오 주일쯤에 맨체스터를 떠났고, 둘 다 기차 이등칸을 탔고, 둘 다 팔 호차 육 호실을 탔고, 둘 다 창가 쪽 삼 번에 앉았다. 그러면서 그들은 습관처럼 계속 말한다. 정말 신기하네요. 희한하고요. 하지만 생각이 안 나요. 뭐 그런 식으로. 이 부부 정말 웃기다. 부부는 원래 그런 걸까.

그리고 둘은 확인한다. 그 둘은 가수 휘성의 노랫말처럼 '같은 집 같은 방에서 같이 자고 깨는' 부부라는 것을. 두 살배기 금발인, 한 눈은 하얗고 한쪽 눈은 빨간 앨리스라는 딸이 있다는 것을. 그리고 두 사람은 오래 떨어져 산 이산가족의 만남처럼 서로 부둥켜안은 채 잠이 든다. 오해는 풀렸다. 부부도 소통할 수 있다는 걸 보여준다. 장면이 이런 식으로 끝나면 부조리도 조리(?) 있게 해결할 수 있다는 가능성이 생긴다. 그러나 그 가능성은 스미스 댁 하녀 메리에 의해 무참히 부서진다. 마틴의 아이는 오른쪽 눈이 하얗고 왼쪽은 빨간데, 마틴 부인 아이의 눈은 그 반대라고 고백하는 것이다. 부부가 서로를 이해하고 완벽하게 소통하는 것은 정녕 불가능한 영역인가. 상황이 이 정도면 거의 비극이다. 예전 〈웃찾사〉라는 개그 프로그램 중 〈희한하네〉라는 코너는 차라리 희극적이기라도 한데 말이다.

더 웃기는 것은 책 속에는 상식적인 일상생활조차도 희한하게 받아들여지는 장면이 나온다. 허리를 숙이고 구두끈을 다시 매는 것, 지하철에서 신문을 읽는 모습같이 흔한 일상도 이상한 일이 되어 버리는 것이다. 사람과 사람이 서로를 이해하지 못하고 의사소통이 제대로 되지 않으면 타인이 하는 이런 평범한 일상사가 놀랍고 용인되기 어려운 일이 될까. 근데 지하철에서 신문이나 책을 보는 장면은 지금의 상식으로는 희한한 사람은 아니겠지만 드문 모습이긴 하다. 정말 슬프게도 지금 이 모습은 더 이상 웃음을 주지 못할 것 같다. 거의 모두 다 스마트폰을 만지작거리는 요즈음, 부조리극의 위상을 제대로 누리려면 대사는 이렇게 수정되어야 한다. "오늘 지하철에서 어떤 사람을 보았는데 누구랑 정신없이 카톡을 하고 있더군요. 정말 어처구니가 없지요." 이렇게 웃겨야 제대로 된 부조리극이 된다.

책 제목 『대머리 여가수』도 부조리하다. 극에 대머리 여가수라는 말은 딱 한 번 나온다. 그런데 그것도 전체적인 내용과는 별개로 연관성 없는 인물로 읽힌다. 제목은 『대머리 여가수』인데 주인공은 아니다. 조연도 아니다. 지나가는 여인 2 정도다. 제목 보고 책을 사신 독자들은 대머리 여가수가 언제 나올지 기대 만발이었을 것이다. 그런데 사실 여자들은 거의 대머리가 없다, 라는 게 상식이다. 그러니 대머리 여가수라는 말 자체가 페이크다. 다시 말해 그녀는 책 주인공으로 등장할 수 없다는 말이다. 제목은 이렇게 정하고 내용은 다른 것을 쓰는 외젠 이오네스코에게는 천재의 향기가 난다. 없는 것을 어떻게 쓴단 말인가. 스미스댁을 방문한 소방대장이 대머리 여가수에 대해 물어보자 스미스 부인은 늘 같은 머리 스타일이라고 대답하는 게 고작이다. 올바른 대화법이 맞긴 하다. 누군가 그 친구 어떻게 지내, 라고 물으면 회사 다녀, 라는 짤막한 대답과 함께 우리의 대화는 끝이 나는 게 다반사다.

그래서 대머리 여가수는 늘 같은 머리 스타일이라는 말이 마음에 안정감을 준다. 이 세상에 존재하는 모든 부조리한 생각이나 감정들조차도 그리 놀라울 게 없지 않은가. 그저 우리 옆에 늘 존재해 왔기에 그리 함께 살고 그리 함께 숨 쉬는 것이다. 그것도 일종의 실존적 반항이 될 수 있고 그러다 보면 한결 더 편안해질 것이다.

책은 안타깝게도 스미스, 스미스 부인, 마틴, 마틴 부인의 차갑고 적의에 찬 '아무 말 대잔치'로 마무리된다. 네 인물 모두 서로 덤벼들 듯 아무 말이나 외쳐 대며 서로에게 주먹을 휘두른다. 처음엔 그나마 의미 있는 말들이었으나 점차 아, 이, 야, 등의 무의미한 아우성으로 서로의 귀에다 고함을 내지르며 얼굴을 붉히는 것이다. 언어 소통을 시도하면 할수록 점점 더 불통이 되어 버린다. 듣는 자는 없다. 오직 내 말이 먼저다. 너는 들어라. 내가 말하겠다.

이와 유사하게 책 『외로운 남자』에서 외로운 그 남자도 인간관계에 대해 이렇게 생각했을 것이다. '사람은 타인을 두려워하기 때문에, 타인의 무기를 빼앗겠다는 기세로 타인에게 달려드는 게 아닐까.' 그렇다면 스미스 부부와 마틴 부부가 저토록 서로들 먼저 자기 이야기만 하겠다고 억지 묘기를 부리는 것도, 무리는 아니다. 슬프게도 그렇다.

책은 이렇게 끝난다.

> 갑자기 대사가 중단된다. 다시 조명이 들어오면 마틴 부부가 첫 장면의 스미스 부부처럼 앉아 있다. 연극이 다시 시작된다. 마틴 부부가 최초 스미스 부부의 대사를 그대로 되뇌는 가운데 서서히 막이 내린다.[18)]

누가 말해도 상관없다. 대사가 바뀌어도 우리는 남의 대사를 자기 것인 양 똑같이 반복한다. 사람들의 의사소통 능력은 다 거기서 거기다. 인류 전체가 불통의 시대에 사는 것이다. 그러할지니 완벽한 소통이 불가능하다고 너무 자책할 필요는 없다. 원래 세상은 그런 것이다. 우리가 할 수 있는 일이라고는 그저 소통과 불통 사이에 놓인 행간을 읽어 가면서 작은 소통이라도 그 가능성을 위해 한 걸음씩 나아가는 것이다. 더디지만 그게 소통하는 길이다. 외려 덜 말할 수 있을 때 우리는 완벽하게 소통할 수도 있을지 모른다. 가끔은 쉼 없는 입말보다도 자신을 담은 눈빛, 얼굴빛, 몸에서 나는 다른 빛깔들, 영혼의 소리로 하는 그런 잔잔한 말들이 우리를 편안하게 할 수도 있다.

〈나의 해방일지〉 현아(전혜신 분)의 말처럼, "말로 끼를 부리며 사람 시선 모으는 데 재미 붙이기 시작할 때" 우리네 소통은 막차 타는 것인지 모른다.

인싸가 되지 못해 불안할 때

율리우스 카이사르의 『갈리아 원정기』

요즈음 사람들은 인싸, 라는 말을 자주 쓴다. 언어라는 게 그렇다. 자주 쓰다 보면 그게 어느 순간에 언어 사용의 가치를 지닌다. 인싸는 인사이더(insider)의 줄임말로서 무리 안에 잘 끼어들고 친구들과 격의 없이 어울리는 사람을 말한다. 인싸 중에서 특히 사교성이 굉장히 뛰어난 사람은 핵인싸라는 한층 중무장된 이름으로 불린다. 핵인싸는 무리를 이끌고 무리의 방향성을 설정하는 리더의 역할을 떠맡는 사람이라 볼 수 있다. 핵인싸는 인싸들의 우상이다.

우리는 주변에서 인싸가 되기 위해 애를 쓰는 사람들을 자주 볼 수 있다. 매슬로우(Maslow)의 욕구위계이론에 따르면, 무리가 주는 안정감과 소속감은 사람들이 사회생활을 하는 데 대단히 중요한 심리적 발판이 되어 준다. 어떤 무리에도 속하지 않는다는 것, 그룹으로부터 홀로 떨어져 나온다는 것은 굉장한 용기를 필요로 한다. 비근한 예로 단체생활을 하면서 밥 먹을 시간에 함께 밥 먹는 사람을 만드는 것은 단순히 식사 파트너를 한 명 구하는 것이 아니라 목구멍으로 밥을 얼마나 편안하게 삼킬 수 있는지와 관계 있는 것이다. 이쯤 되면 관계 맺기 또는 인싸 되기는 단순히 생활의 문제가 아니라 생존과 밀접하게 관련될 수도 있다.

그럼에도 방법은 있다. 아싸(아웃사이더, outsider)로 몰리지 아니하고 아싸를 스스로 선택하면 된다. 자발적 아싸는 그리 나쁘지 않다. 호랑이처럼 사는 길을 선택하면 별 목적 없이 우르르 몰려다니는 늑대들을 보면서 우월감을 느낄 수도 있다. 문제는 자신이 호랑이가 아니라 고양이에 불과하거나(혹은 불과하다고 느껴지거나), 시시껄렁하게 몰려다니는 자들이 늑대가 아니라 사자일 수도 있다는 것을 자각하는 것이다. 이쯤 되면 많이 외로울 수도 있겠다.

이제 율리우스 카이사르를 만나 보자. 그의 『갈리아 원정기』를 따라 읽어 가면서 인싸가 되는 법을 배우든지 아니면 인싸가 되지 못하더라도 슬퍼하지 않는 법을 배우든지, 뭐라도 자신에게 필요한 배움을 얻어 보자. 아무래도 그러려면 전쟁터에서의 그의 업적을 좀 살펴보아야겠다. 그리고 그리하는 게 키케로가 "수사학적 장식을 모두 벗어 버린 매력 넘치는 나체상"과 같다고[19] 격찬한 그의 저서 『갈리아 원정기』를 올바르게 대하는 우리의 자세이기도 하다. 그 책을 읽고 겨우 인싸, 아싸 이야기만을 하는 것은 예의가 아닐 것이다.

율리우스 카이사르는 영어로 줄리어스 시저라 불리는 그 사람이 맞다. 나는 대개 시저 대신에 카이사르라고 칭한다. 원래 고전 라틴어 발음대로 그 이름을 불러 주는 게 정체성이라는 측면에서 올바를뿐더러 모든 대상을 영어로 불러야 한다는 것은 오만에 가깝다. 내가 시저라고 부를 때는 영화 〈혹성탈출〉의 그 용감한 유인원을 부를 때이다. 그러고 보면 감독은 줄리어스 시저로부터 영감을 얻지 않았을까. 그도 그럴 것이 무리를 이끄는 탁월한 리더십은, 둘이 닮았다.

카이사르는 기원전 100년에 태어나 44년에 죽었다. 일생을 화려하게 산 그 남자의 전기적 활약상에 빠져들고 싶다면 시오노 나나미의 『로마인 이야기』 4~5권을 읽으면 제격이다. 그 책을 읽다 보면 그의 매력에 사정없이 푹 젖어 드는데 논란은 있지만, 아마도 작가의 놀라운 필력이 일정 부분 영향을 끼치는 것 같다. 균형점을 찾고 싶다면 다른 책에서도 그를 만나 보는 것이 안전하다. 어차피 판단은 독자 몫이다.

뭐니 뭐니 해도 그 남자의 가장 큰 업적은 황제가 통치하는 팍스 로마나(Pax Romana) 즉, 로마에 의한 평화의 발판을 마련한 것이 아닐까. 공교롭게도 그는 기원전 509년부터 이어져 온 로마의 공화정에 균열을 일으켜 결국 공화정을 무너지게 했고, 황제정의 기초를 마련하였다. 실제 로마 첫 번째 황제는 아우구스투스(옥타비아누스)이지만 카이사르 때부터 이미 무늬는 황제정이 시작되었다고 보는 게 옳다. 카이사르를 보면 마치 나라의 기틀을 세운 조선 태종을 보는 것 같다. 그만큼 황제권 강화를 위해 투쟁한 카이사르 덕에 그의 후광을 입은 옥타비아누스는 기원전 27년 로마 원로원으로부터 임페라토르(군 통수권자), 프린켑스(원로원 일인자), 아우구스투스(존엄한 자)라는 특별한 권력을 부여받은 것이다. 그 후 팍스 로마나는 서기 180여 년까지 이어졌다.

갈리아는 지금으로 따지면 프랑스, 스위스, 오스트리아, 벨기에, 네덜란드 등의 지역을 일컫는다. 로마제국의 전성기 영토는 동으로는 지금의 아르메니아, 서쪽으로는 스페인, 포르투갈, 북으로는 지금의 영국 중부, 남으로는 북아프리카까지 광활했지만, 당시 카이사르가 활동을 시작했던 시절에는 지금 서유럽의 중심이라고 할 수 있는 갈리아와 브리타니아(영국)도 정복되지 아니하였다. 결국 카이사르는 갈리아 원정을 통해 자신의 세력을 키우고 로마의 영웅이 된다.

그럼, 카이사르는 어떻게 갈리아를 정복했을까? 그는 도버해협을 지나 브리타니아 원정도 하였으며 심지어 라인강을 건너 게르만족을 치기도 하였다. 책 속으로 들어가면 그의 놀라운 전략, 전술이 나온다. 인싸, 아싸 이야기하다가 너무 멀리 왔다고 생각하지 마시라. 다시 한번 말하지만, 그가 갈리아를 자신의 무릎 아래에 꿇게 한 방법들을 통해 우리는 인싸가 될 것인지, 아싸가 될 것인지 아니면 그 중간 어디쯤 있을지 선택하는 데 도움을 받을 수도 있다.

우선 병참이다. 병참을 사전에서 찾아보면 다음과 같이 정의한다. '군대에서, 군 작전 시에 전투력을 유지하기 위한 보급, 정비, 교통, 위생 따위의 기능을 통틀어 이르는 말.' 카이사르는 병참을 대단히 중요시했다. 특히 식량 보급에 팔을 걷어붙였다. 전쟁을 총이나 칼, 혹은 정신력으로만 한다고 생각하는 사람들은 의외로 많다. 사실 전쟁의 기본은 병참이다. 그리고 그것은 로마의 기본 전략이었다. 임진왜란 중에 이순신 장군의 활약이 대단히 중요했던 이유는 바다를 지켜 왜의 효과적인 병참전을 분쇄할 수 있었다는 것이다. 참고로 다음에 나오는 인용문 중, 밀레 팟수스(mile passus)는 로마의 마일을 뜻하는 것으로 1밀레 팟수스는 약 1.5km이다.[20] 18밀레 팟수스는 약 27km라 할 수 있다.

> 이튿날 이제 부대원들에게 군량을 배급해야 할 날이 이틀밖에 남지 않았는데 아이두이족의 가장 크고 가장 부유한 도시인 비브락테가 18밀레 팟수스밖에 떨어져 있지 않아, 카이사르는 지금이야말로 식량 보급 문제를 해결해야 할 때라고 생각했다. 그래서 헬베티이족을

> 뒤쫓던 그는 방향을 바꿔 급히 비브락테로 향했다.[21]

다음으로 정보전이다. 카이사르는 요즘으로 따지면 스마트폰을 들고 다니며 구글맵을 이용해 적군의 동향과 장소를 검색해서 그쪽으로 가는 최선의 경로를 검색해 냈던 것이다. 때로는 정찰병을 보내고 때로는 사로잡은 포로를 이용해 양질의 정보 데이터를 구축했다. 그리고 그 정보는 전투를 승리로 이끄는 데 결정적 역할을 했다.

셋째, 카이사르는 항상 유리한 지형을 이용해 전투에 임했다. 불리하면 성급하게 싸우려 하지 않았다. 진지를 구축하고 해자를 파고, 공성전을 펼칠 때는 토루를 쌓아 높이의 우위를 확보한 후, 공성 무기를 이용해 성벽을 점령하곤 했다. 스파이더맨으로의 빙의다. 또한 우거진 숲속에서 게릴라 전술을 펼치는 적군을 쫓을 때는 나무를 베어 냈다. 이는 네이팜탄의 원시적 버전이 아닐까. 전투를 할 때 지형을 이용하는 게 얼마나 중요한지 알려 주는 대표적 사례는 살라미스 해전이다. 아이갈레오스의 높은 언덕 위에서 페르시아군이 대패하는 모습을 본 크세르크세스는 어떤 생각이 들었을까. 결국 살라미스 해전도 지형을 이용한 정보전임을 깨달았을까.

넷째, 반드시 이긴다는 확신과 그에 따른 용기라고 볼 수 있다. 중무장 보병이나 기병으로 무장한 로마군의 위용은 당시에 대단한 두려움을 파급시켰다. 싸움도 자꾸 이기다 보면 습관이 된다. 단체경기를 하는 특정 스포츠팀이 경기에서 잘 지지 않는 이유는 선수 개개인의 능력치가 높고 감독의 전략이 먹히는 이유도 있겠지만 정신력적인 측면에서 볼 때 승리에 대한 습관화된 당연한 확신도 크게 기여한다고 볼 수 있다. 카이사르가 이끈 군단 병력의 수가 대개 열세였다고 보면 이러한 정신력은 전력을 끌어올리는 데 중요한 역할을 했다.

마지막으로 인싸-아싸를 구별하는 선 긋기다. 사실 나는 이 부분에서 카이사르가 인간의 심리를 얼마나 정확하게 꿰뚫고 있는지를 보았다. 좋게 말하면 고도의 정치적 감각이고 나쁘게 말하면 비열하거나 얍삽하다. 선 긋기라는 것은 무리를 나누어 내 편을 만들어 활용하는 방식이다. 거칠게 말하면 카이사르가 갈리아를 정복할 수 있었던 것은 선 긋기를 잘해서 가능했다고 본다.

갈리아 부족들은 수백 이상으로 분열되어 있었다. 이런 부족들을 정벌하는 것은 쉽지 않다. 중앙집권화되지 않았기 때문이다. 중앙집권화된 부족 혹은 국가의 경우에는 부족장이나 왕과의 전투에서만 이기면 그와 적절한 조약을 맺고 효과적으로 굴복시킬 수 있다. 사후 처리도 쉽고 지속적 관리도 쉽다. 그렇지만 곳곳에 있는 부족들의 경우는 저마다 욕망도 다르고 추구하는 바도 다르고 침입자에 대처하는 방식도 다르다. 이러면 곤란하다. 이때 카이사르의 지혜가 발동된다.

카이사르는 부족들을 인싸와 아싸로 나누기로 결심한다. 유력부족을 선택해서 인싸로 삼고 지도적인 지위를 부여하고 부족장의 권력과 권위를 인정하여 주변의 아싸 부족들을 대신 길들이게 하는 것이다. 『우리들의 일그러진 영웅』의 엄석대의 역할로 뽑힌 부족들은 아이두이족, 아르베르니족, 세콰니족, 링고마네스족 등이 있다. 때때로 그들도 반란을 일으키고 로마의 그늘에서 벗어나려고 애썼지만, 그들은 알았다. 차라리 인싸가 되어 카이사르로부터 적절하게 사랑을 받고 자신들의 권위와 권력을 그대로 유지하는 게 훨씬 이익이라는 것을. 나중에 그들은 카이사르로부터 로마 시민권을 부여받고 원로원 의석을 제공받고 율리우스라는 가문의 이름도 하사받는 수혜를 입는다. 인싸들의 영광이다.

그는 하물며 자신들의 부하들에게도 인싸 자격을 부여해 선택적 대우를 한다. 대표적인 예가 10군단이다.

> 카이사르는 제10군단에 각별한 호감을 품고 있었으며, 그들의 용기를 아주 높이 샀다. 그의 연설이 끝나자, 모든 대원의 태도가 극적으로 변하며 사기충천했고 전의를 불태웠다. 맨 먼저 제10군단 대원들이 자신들을 높이 평가해 주어 고맙다는 뜻을 연대장들을 통해 카이사르에게 전하면서, 자기들은 언제든 출동할 준비가 되어 있다고 알려왔다.[22]

살아가면서 우리는 무리를 잘 이끌어 가는 사람을 만난다. 특히 조직 생활을 하면서 카이사르와 같은 세련된 정치 감각으로 핵심 인재들을 자기 편으로 만들어 목표 달성을 향해 함께 노력하는 사람을 볼 수 있다. 인싸들의 무리를 이끄는 핵인싸다. 편하게 리더라고 부르자. 리더가 조직 구성원들 전체를 포용할 수는 없다. 어차피 전체 조직원들이 죄다 한마음으로 뭉칠 수는 없을 테니까. 리더는 자신을 보좌할 인재들을 이너그룹으로 포함시킬 것이다. 이때 우리는 어떤 선택을 할 수 있을까.

물론 올바른 리더라는 판단이 서면 함께 인싸가 되어 공동의 목표를 향해 더불어 살아가는 방법이 좋을 것이다. 그런데 세상을 바라보는 방법이나 삶에 대한 가치관과 철학이 달라 함께할 수 없다면? 이때 필요한 것이 몸소 아싸를 선택하는 것이다. 자발적 아싸가 된다는 것은 리더의 선 긋기 혹은 선택적 대우로 인해 상처받을지도 모를 추방적 아싸에 비해 얼마나 고결한가. 그리고 이쯤 되면 리더들도 자발적 아싸를 야당의 대표쯤으로 대우할 수밖에 없는 것이다.

카이사르에게 복속당한 갈리아 부족들이 자발적 아싸라는 위치를 선택할 수 있었다면 아마도 그 자신만만한 남자도 갈리아를 그리 쉽게 정복하지 못했을 것이다.

갈리아엔, 아르베르니족의 베르킹게토릭스 같은 리더가 더 필요했던 것이다.

양심을 속이고 싶지 않을 때

빅토르 위고의『레 미제라블』

『레 미제라블』은『장 발장』이 아니다.『레 미제라블』이『장 발장』이라면 박경리 선생의『토지』가『최서희』가 되는 것과 같다. 이럴 수가! 원래 내가 알고 있던 책도『레 미제라블』이 아니라 어린 시절에 읽었던『장 발장』이었다. 빵을 훔쳐 19년 동안이나 감옥살이하다가 풀려나 미리엘(또는 비앵브뉘) 주교의 도움으로 새로운 사람이 되었다는 지극히 교훈적인 이야기였다. 그러나 이 이야기가 전부라면 저토록 긴 서사를 늘어놓을 필요는 없을 것이다. 다이제스트 판『장 발장』은 마치『레 미제라블』이라는 고전을 읽은 듯한 착각을 주는 주범이다. 사실 두 책의 깊이와 폭과 길이는 그 차이가 어마어마하다. 이것은 마치 다양한 버전으로 존재하는 영화와 헤아릴 수 없이 공연된 뮤지컬 중 어느 하나를 보고 나서 소설『레 미제라블』을 다 이해했다고 생각하는 부풀리기 양상과 유사하다. 항상 그런 것은 아니지만 대개의 경우, 나는 책이 영상물보다 더 좋다. 그것은 아마 책이 훨씬 풍부한 상상이 개입될 수 있는 여지를 남겨 주기 때문일 것이다. 휴 잭맨(Hugh Jackman)이라는 장 발장보다는 상상 속의 장 발장이 엉성하고 다변하고 디테일하지 않아서 좋다. 그러다 보니 책을 읽고 영화를 보면 대개 실망하기 일쑤고, 반대로 영화를 보고 책을 읽으면 그래도 책이 더 좋거나 조금 양보하면 둘이 비슷할 수는 있다. 물론 영화나 뮤지컬이 주는 말초적인 감동이나 문화 향유의 편리함이 있는 건 사실이다. 책은 절대적으로 느린 걸음이 필요하니까.

『레 미제라블』은 읽기 쉬운 책이 아니다. 5권으로 구성된 책은 평균 500여 쪽으로서 호흡이 긴 편이다. 독서목록에 다른 책들이 끼어들어 내 삶을 비집고 들어왔던 것을 감안해도 이 장편소설을 읽는 데 꼬박 한 달 걸렸다. 하긴 일 년 동안 『토지』나 『로마인 이야기』와 함께한 시간도 있었으니 한 달은 그나마 짧은 기간이다. 빅토르 위고는 이 소설을 쓰는 내내 여타 분야로 탈선을 시도한다. 이야기 중심으로 툭툭 치고 나가는 부분은 읽기가 쉽지만, 일단 작가의 사상, 관념이 들어간 부분은 정독이 필요하다. 책 속에는 역사적, 사회적, 문화적, 언어적, 종교적, 철학적 고찰들로 그득하다. 이는 여러 분야에 걸쳐 있는 작가의 높은 인식 수준을 엿보게 하는데, 가령 프랑스 혁명, 1832년 6월 봉기, 나폴레옹의 워털루 전투, 수도원 생활, 심지어 파리의 하수도 구조나 부랑배들의 삶까지 상세하게 묘사한다. 거기에 덧붙여 그리스·로마 고전에서부터 다양한 시대와 장소의 인물들을 폭넓게 소개하거나 비유하고 있어 지적 탐구심이 가득한 독자라도 턱턱 걸리는 장애물을 해결하려다가 고생 좀 하게 된다. 그러나 그건 돌파 불가능한 바리케이드가 아니라 과속방지턱 같은 느낌이니, 속도를 늦추고 호흡을 가다듬으면 유연하게 넘어갈 수 있다.

그럼에도 이 소설은 위대하다. 소설의 위대성은 장 발장이 베푸는 신과 같은 무한한 사랑에 있다. 이 사랑은 프랑스 혁명에서 말한 박애 정신과 통하는 인류애를 의미한다. 또는 성경에서 말하는 "네 이웃을 사랑하라!"와도 일맥상통한다. 그래서 프랑스 국민은 성경 다음으로 이 책을 가장 많이 읽었다고 하던가! 사실 장 발장은 처음부터 그 정도로 대단한 사람은 아니었다. 그저 조카들의 배고픔을 달래 주기 위해 빵을 훔치는, 육친에게 정을 쏟는 정도의 절도범이었다. 그러나 국가의 무지몽매하고 가혹하고 인정머리 없는 법은 그를 19년 동안이나 구금을 한다. 요즘 식으로 하면 생계형 범죄라고 할 수 있는 절도죄에 탈옥을 시도했다는 이유로 가중 처벌한 것이다. 출소하고 난 후 그는 전과자의 징표인 노란 통행권을 - 이것이 바로 옐로카드 아닌가 - 가지고는 아무것도 할 수 없음을 절감한다. 낙인효과다. 그는 절망한다. 여관도, 어느 가정집도 문을 열어 주지 않는다. 개집에 들어가 잠을 청해 보려 했지만 개조차도 그를 물고 쫓아내려는 것이다. 그에게 하나님은 없었다.

그를 유일하게 맞아 준 사람은 미리엘 주교였다. 주교의 따스함에도 불구하고, 그는 법률에 대한 증오, 사회에 대한 증오, 인류에 대한 증오, 천지 만물에 대한 증오심으로 살길을 모색하고자 은그릇을 훔친다. 헌병에 붙잡힌 그는 주교와 대질신문하지만, 주교는 함께 가져가라고 한 은촛대는 왜 두고 갔는지 오히려 반문하면서 그를 용서한다. 그러면서 은을 정직한 사람이 되기 위해 쓰겠다고 약속한 것을 잊지 말라고 한다. 또한 장 발장은 악이 아니라 선의 세계에 속하는 사람임을 선포한다. 누군가가 이렇게 말해 주면 얼마나 축복될까. 선의 세계라는 소속감 정도는 가져야 착하게 살아갈 수 있지 않을까.

장 발장은 이후, 몽트뢰유쉬르메르라는 곳에 '마들렌'이라는 가명으로 정착한다. 맞다. 모 대형 매장에서 파는 마들렌이라는, 치즈가 들어가 있는 프랑스 빵처럼 그는 부드럽고 인자한 사업가가 된다. 그는 가난한 마을 사람들을 위해 공장, 학교, 병원 등을 짓는 자선 행위로 원하지 않게 시장으로 선출된다. 장 발장은 능력도 미덕도 갖춘 것이다. 그는 가난하고 불쌍한 사람들에게 사랑의 꽃가루를 뿌릴 준비가 된 것이다. 그렇지만 여기서부터 자베르라는 인물이 등장한다. 평생 장 발장을 쫓는 자베르 형사는 수많은 우연에서 장 발장과 만나지만 번번이 그를 놓친다. 그러다가 자베르는 1832년 6월 봉기 때 적진을 염탐하는 중, 'ABC의 벗'으로 대표되는 공화주의자들에 의해 체포된다. 현장에 있었던 장 발장은 몰래 그를 풀어 준다. 그 후, 마리우스라는 남자를 구해 내기 위해 온갖 고초를 겪으면서 그 봉기 현장을 벗어난 장 발장은 이번에는 거꾸로 자베르에게 체포된다. 자베르에겐 완벽한 기회였다. 하지만 이번에는 자베르가 놓아준다. 그리고 얼마 안 있어 그는 강물에 몸을 던진다. 국가가 정한 법과 의무를 지키는 것을 최고의 미덕으로 생각했던 형사 자베르는 신에게 사표를 던진 것이다. 그가 이제껏 믿어 왔던 확실성이 소멸해 버렸다. 자신이 끌어안고 살아왔던 신념이 무너져 버린 것이다. 물론 삶에 대한 장 발장의 의무가 가난하고 비천한 모든 사람들을 포함하는 것에 반해, 국가의 법과 의무를 준수하는 자베르에게 있어서의 의무는 가진 자들을 위한 것이라는 한계는 있지만 그도 자기 신념을 위해 산 건 맞다. 그의 갈등을 살펴보자.

> 장 발장은 그를 당황하게 하고 있었다. 그의 전 생애의 받침점이었던 모든 자명한 이치들은 그 사람 앞에서 무너져 가고 있었다. 자베르 그에 대한 장 발장의 관용은 그를 압도했다. (…) 뭔지 무시무시한 것이, 죄수에 대한 찬탄의 감정이 그의 마음속에 스며드는 것을 자베르는 느꼈다. 징역수에 대한 존경, 그런 일이 있을 수 있을까? 그는 몸서리

쳤고, 거기에서 벗어날 수가 없었다.[23)]

사실 장 발장은 그저 마들렌이라는 이름으로 평탄하게 살아갈 수도 있었다. 물론 이 경우, 소설은 그냥 해피엔딩으로 짧게 끝나고 말 테지만. 장 발장은 살아가면서 크게 두 가지 가명을 썼다. 하나는 마들렌. 다른 하나는 수도원 생활 이후부터 쓴 포슐르방. 그는 그 가명으로 살아가면 행복할 수 있었다. 아무 문제 없이 자신의 과거를 숨기면서도 미리엘 신부와 약속한 남에게 은혜를 베푸는 정직한 사람으로도 살아갈 수 있었다. 그런데 문제가 발생한다. 그의 삶이 정직한 사람과는 거리가 멀게 생긴 것이다. 다시 말해 양심의 문제다. 자신의 양심만 속이면 아무런 문제도 없는데, 그에게는 그게 불가능했다. 그는 가명을 커밍아웃하기로 결심했다. 그것은 그가 전과자임을 다시 세상의 수면 위로 알리는 것이다.

다시 한번 정리해 보자. 장 발장은 두 번 자신이 장 발장임을 고백했다. 첫 번째는 마들렌 시장으로 있을 때였다. 샹마티외라는 불쌍한 사람이 장 발장으로 오인되어 재판정에 섰을 때, 자신이 바로 장 발장임을 밝힌 것이다. 단 한 사람을 구해 내기 위해 그는 모든 것을 잃었다. 두 번째는 자기 양딸인 코제트의 신랑 마리우스에게 자신이 범법자였음을 토해 낸다. 가족의 한 구성원으로서 그냥 이대로 행복하게 살기엔 떳떳하지 못하다고 생각했을 뿐 아니라 자기 영혼의 밑바닥은 캄캄하다면서. 모든 불행이 끝나고 이제 행복하게 살 수 있는 바로 그 순간이었다. 그 순간에 장 발장은 마리우스에게 고백한다. 자신의 진짜 이름을 숨기고 침묵을 지키는 것은 거짓말이라고. 이방인 뫼르소는 감정을 과장하는 것이 거짓말이라고 했는데, 장 발장은 침묵도 거짓말이라고 했다. 진실되게 산다는 것은 이처럼 간단하지 않다. 우리 대다수는, 그래서, 거짓말쟁이다.

말이 나왔으니 하는 말인데 코제트는 원래 팡틴의 딸이었다. 팡틴은 황금 같은 머릿결과 진주 같은 치아를 가진 아름답고 정숙한 처녀였다. 삶을 재미로 즐기는 나쁜 남자의 꾐에 빠져 미혼모가 된 그녀는 딸 코제트를 위해 열심히 일하고 매달 돈을 부친다. 코제트는 책 전체에서 활약(?)하는 악독한 테나르디에 부부가 돈을 받는 조건으로 대신 키워 주고 있었다. 아이가 옷이 없다, 아이가 아프다 등의 온갖 구실로 테나르디에는 수시로 돈을 요구한다. 팡틴은 황금 같은 머리카락을 자르고 진주 같은 앞니를 뽑아 판 돈을 보낸다. 어처구니없게도 그토록 아름다운 생니를 뽑아 팔 수밖에 없는 그녀나 앞니 두 개가 40프랑이나 된다며 저 여자는 복도 많지, 중얼거리며 부러워하는 지나가는 노파나 모두 눈물겹도록 비참한 사람들이다. 새까만 구멍이 뚫려 있는 팡틴의 잇몸 사이로 불행의 바람이 드나든다고 생각하니 마음이 저리다.

더 이상 팔 수 있는 것이 남아 있지 않을 때 팡틴은 자신에게 마지막 남은 것을 생각해 본다. 그녀는 창녀가 된다. 만신창이가 된 팡틴은 딸 코제트를 보고 싶어 하며 죽어 간다. 장 발장은 언젠가 그녀가 자신의 공장에서 해고된 사실을 알고 코제트를 찾아 꼭 돌보아 주기로 약속한다. 그 이후 장 발장은 코제트를 테나르디에 부부로부터 찾아와 늘 함께한다. 코제트는 장 발장에게 있어 삶의 이유가 된다. 장 발장은 코제트에게 있어 행복의 버팀목이 된다. 결혼생활도, 여자도, 가족도 없었던 장 발장에게 코제트가 반짝이는 별이 되었듯이, 코제트에게 장 발장은 길잡이 북극성이 된 것이다.

그렇게 반짝이는 코제트를 위해 마리우스를 구해 내고 그들을 맺어 주고 장 발장은 그들을 떠난다. 자신이 그곳에 있는 것은 그들의 행복에 끼어드는 불순물 같은 존재라고 생각했을까. 함께할 수 있음에도 굳이 또 양심고백을 한 후, 그는 자신의 거처로 돌아와 고독하게 죽어가기로 작정한다. 그래서 이 책의 제목이 『Les Miserables』인가. 비참한 사람들 혹은 불쌍한 자들. 영어로는 'The Miserable'쯤 되겠다. 모든 사회에는 부자가 있으면 늘 가난하고 비참한 사람들도 존재한다. 그들은 이분법으로 나누어진다. 빈자들은 빈자들대로 부자들은 부자들대로 저마다의 영역 속에서 살아간다. 빈자가 부자들 사회 속으로 진입하려 해서는 안 된다. 그것은 영역 위반이다. 그래서 장 발장은 떠나기로 결심하였는가. 비록 금전적으로 그는 부자였지만, 그의 생각에 자신의 영혼은 얼마나 가난한가.

그래도 비참한 사람들은 꿈을 꿀 권리는 있다. 언제 읽어도 가슴 한켠이 아려 오는 소설, 조세희의 『난장이가 쏘아올린 작은 공』에는 이런 구절이 나온다. "천국에 사는 사람들은 지옥을 생각할 필요가 없다. 그러나 우리 다섯 식구는 지옥에 살면서 천국을 생각했다."[24] 참으로 구구절절 심장을 콕콕 찌르는 표현이다. 아일랜드 극작가 오스카 와일드도 이런 명언을 남겼다. "우리는 모두 빈민굴에 살고 있지만 우리 중 일부는 별을 바라보고 있다.(We are all in the gutter but some of us are looking at the star.)" 런던 어느 길거리 와상 조각물에서 발견한 그의 문구도 참으로 많은 생각을 던져 주었다. 현실이 힘들어도 꿈을 꾼다는 것은 얼마나 다행스러운가! 설령 그 꿈이 꿈에 그친대도 말이다. 그러나 우리의 불쌍한 장 발장은 감히 꿈도 꾸지 아니하고 자신의 보금자리로 돌아간다. 평생 자신을 위해서는 단벌 신사로 지내며 검은 빵만 먹고 누추한 곳에서만 잠을 잤던 장 발장은 타인들을 위해서는 아낌없는 사랑을 베풀었으면서도.

그런 장 발장이 죽어 갈 때 문지기의 아내는 풀을 뽑으면서 이렇게 중얼거린다.

"참 안됐다. 그렇게도 깔끔한 노인인데! 병아리처럼 순결무구한데."[25]

어느 책에선가 읽어 본 느낌이 나질 않는가. 그렇다. 다자이 오사무의 『인간실격』 끝부분에 주인공 요조를 알고 있는 다방 마담이 무심히 뱉는 말. "우리가 알넌 요조는 아주 순수하고 눈치 빠르고…… 술만 마시지 않는다면, 아니 마셔도…… 하느님같이 착한 아이였어요."[26]

그랬다. 장 발장은 미리엘 주교와 약속한 대로 정직한 삶, 오로지 타인을 사랑하는 삶, 양심에 따른 삶을 위해 살았던 것이다. 그는 마리우스의 말처럼 어느덧 '예수'로 변모하고 있었다. 삼위일체설에 따르면 장 발장이나 요조는 동격이다.

책을 덮고 나니 불현듯 윤동주 시인이 떠오른다. 장 발장이 살고자 하는 삶이 바로 서시의 삶이 아니었을까. 일말의 거짓 없이 부끄럽지 않게 양심에 따라 사는 삶. 서로 다른 시공간일지라도 그들은 그랬다.

다른 사람들의 귀를 점령하고 싶을 때

밀란 쿤데라의 『웃음과 망각의 책』

내가 빵과 버터(bread and butter)를 위해 일하는 - 물론 고귀하고 숭고한 면도 많지만, 매일 의무적으로 먼 길을 출퇴근하다 보면 타성에 젖기도 한다 - 사회적 공간에는 열린 귀를 장착한 여성분이 계시다. 그녀는 인기가 많다. 사람들이 돌아가며 마치 '말하기 번호표'를 뽑은 것처럼, 그녀에게 다가와 자신의 이야기를 들려주기 때문이다. 그때마다 그녀는 응, 응, 거리며 상대방의 말을 경청하는데, 어떨 땐 그녀의 응, 응, 하는 소리가 건성일 수도 있다는 생각도 해 보았다. 그것은 그녀의 정보 수용량이 임계점에 달해 있을 때 지쳐 보였기 때문이다. 그럼에도 남의 얘기를 잘 들어 준다는 것은 상담사의 덕목 그 이상으로 사람들에게 호감을 살 수 있는 귀한 장점이다. 잘 들어 준다는 것. 이것을 밀란 쿤데라 식으로 표현하면 '자신의 귀를 점령해 오는 사람들에게 저항하지 않고 귀를 내어 주는 행위'다. 즉 그녀는 자기 귀에 대한 사용권을 항상 남에게 이전한다고 볼 수 있다.

밀란 쿤데라의 『웃음과 망각의 책』 중 「잃어버린 편지들(4부)」이라는 작품에 등장하는 작은 시골 마을 카페에서 종업원으로 일하는 타미나가 그렇다. 사람들은 그녀를 좋아했다. 그것은 그녀가 사람들의 말을 잘 들어 주기 때문이다. 그녀가 건성으로 듣는지 진지하게 듣는지는 중요하지 않다. 그저 타미나는 상대방의 말을 끊지 않았다. 한 사람이 쉴 새 없이 자신의 이야기를 해도 타미나는 묵묵히 들어 준다. 그녀가 대화의 기술을 위반한다고 생각하지는 말자. 대화의 기술이라는 게 따지고 보면 때로는 내 말을 하기 위한 작전이라고 할 수 있으니 말이다. 이를 밀란 쿤데라는 이렇게 근사하게 표현한다.

> "정말 나랑 똑같네……, 나는 …….''이라는 문장은 맞장구를 치는 반응처럼, 상대방의 생각을 계속 이어가는 방식처럼 보이지만 그건 속임수다. 사실은 갑작스러운 폭력에 맞서는 갑작스러운 반항이며, 속박 상태로부터 우리 귀를 해방하고 상대방의 귀를 강제로 차지하기 위한 노력이다.[27]

'정말 나랑 똑같네……, 나는 …….'이라는 말이 다른 사람의 말에 저항하는 속임수라는 표현이 이채롭다. 우리는 다음과 같은 말도 자주 한다. '네가 말한 것처럼, 나도 …….' 그렇다면 이 말도 상대방의 귀를 뺏으려는 투쟁의 의사 표현임이 틀림없다. 일단 상대방의 말에 동의한다고 전제하는 것은 상대방을 지지한다는 것이기에 말하는 상대를 무장 해제할 수 있기 때문이다. 그리고 그 절묘한 틈을 파고 들어가 상대방의 귀에 날카로운 언어의 창을 쑤셔 넣을 수가 있다. 이 정도면 완벽한 제압이다. 이렇게 생각하고 나니 어쩌면 앞으로 '정말 나랑 똑같네……, 나는 …….'이나 '네가 말한 것처럼, 나도 …….'라고 말하는 사람을 앞에 두면 웃음이 날 수밖에 없을 것 같다.

타미나의 경우는 사실 이유가 있다. 타미나가 자신의 이야기를 하지 않는 것은 남편과 함께 불법으로 보헤미아 지방을 떠났기 때문이다. 보헤미아는 독일과 국경을 접하고 있는 체코의 서쪽 지역을 일컫는다. 대표적인 도시로 프라하, 플젠, 체스키크룸로프 등이 있다. 그녀가 남편과 함께 프라하를 떠난 것은 1968년 이후다. 1968년은 체코의 역사에 있어 중요한 해다. 이른바 두프체크의 주도하에 일어난 민주화 시기를 일컫는 해로 우리는 이를 '프라하의 봄'으로 기억한다. 그리고 그해 8월 체코의 도전이 동유럽으로 퍼져 나가는 것을 우려한 소련군의 침공으로 인해 프라하의 봄은 짧게 끝나 버렸다. 결국 민주주의 혹은 인간의 얼굴을 한 사회주의를 열망한 수많은 사람들이 체코를 떠나 다른 나라로 망명했다.

사정이 이렇다 보니 어느 나라 어느 작은 마을로 망명한 타미나도 자신에 대해 할 말을 잃어버렸다. 더군다나 남편은 병으로 세상을 떴다. 이제 그녀가 기억하는 것을 기억하는 사람들은 주위에 없다. 그녀는 말수를 잃어버렸고 그녀가 원하는 유일한 꿈은 고향 땅에 두고 온 편지 꾸러미와 일기를 적은 수첩을 가져오는 것이다. 그것만이 그녀의 삶을 기억과 기억이라는 벽돌로 증축시킬 수 있기 때문이다. 그녀가 다른 사람의 귀를 빌려 자신의 이야기를 하는 유일한 경우는 바로 주변의 사람들이 이 기억 속 물품을 가져올 수 있는 가능성을 내비칠 때이다. 다시 말해 누군가가 프라하로 갈 계획이 있다고 말하면, 그녀의 입은 크게 개화하는 것이다. "언제 프라하에 갈 계획인가요?" 심지어 프라하에 갈 거라는 입냄새가 심한 위고라는 남자의 말을 듣고는 몸까지 열어 주었다. 그럴 때를 제외하고는 그녀의 입은 닫혔고 다른 이의 입을 위해 귀를 봉사하는 것이다.

말 못 할 사연이 있는 사람들은 대개 타미나처럼 자신의 이야기를 잘 하려 하지 않는다. 그럼 대개의 사람들은 사연이 없단 말인가. 그런 건 아닐 것이다. 말하기 행위가 능동적이라면 듣는 행위는 수동적이다. 대부분의 사람들은 누구나 능동적으로 살고 싶어 한다. 우리는 우리의 이야기를 들어 줄 사람 앞에서 하루 동안 일어난 일 중에 보람 있었거나 슬펐거나 화난 일을 이야기하고 싶어 한다. 문제는 들어 줄 사람이 부재하는 경우다. 가족들조차도 서로의 이야기를 듣지 않고 자기 방에 박혀 유튜브를 보거나 멀리 있는 사람들과 SNS를 하는 데 열을 올린다. 가족들도 서로서로 귀를 틀어막아 버리기 때문에 우리는 익명의 세상 사람들에게 말을 건다.

밀란 쿤데라는, 그래서 사람들이 글을 쓴다고 한다. 고립과 공허를 피하기 위해 자신의 말을 들어 줄지도 모를 불특정 다수에게 말문을 터는 것이라고. - 그렇다면 내 글쓰기 행위도 그럴 가능성이 있단 말인가 - 그러나 이를 어쩌랴. 사람들은 저마다 글로써 자기의 언어를 높은 성처럼 쌓아 올려 서로 간에 올바르게 소통하지 못하고 바깥의 어떤 목소리도 들어오지 못하게 한다고 하니, 누구나 글을 쓰는 세상이 외려 고립을 심화시키고 마는 것이다. 글쓰기 광증에 대한 작가의 견해를 들어 보자. 아마 1)번은 파이어(FIRE)족이나 좌식 계급의 증가를 의미하는 것 같고 2)번은 1인 가구나 히키코모리족의 경우가 그 예가 될 것 같고 3)번은 어제가 오늘 같고 오늘이 내일 같은 단조로운 시대를 말하는 것이 아닐까.

글쓰기 광증(책을 쓰려는 광박증)은 사회 발전이 세 가지 기본 조건을 충족할 때 전염병의 차원이 된다.

1) 전반적인 생활수준이 높아져서 사람들이 무익한 활동에 전념할 수 있을 것.

2) 사회생활이 많이 세분화되어 전반적으로 개인의 고립화가 깊어졌을 것.

3) 국가의 내적 삶에 큰 변화가 근본적으로 결핍되어 있을 것.[28)]

그리고 작가는 예언한다. 모든 인간들이 작가가 될 것이며, 그래서 인간관계는 소통 없이 서로 간에 '난청과 몰이해'만 있을 거라고. 들어 줄 이는 없는데 말하는 사람만 있다고 생각하니 고개가 끄덕여진다.

놀랍게도 밀란 쿤데라의 말을 우리는 지금 주변에서 목격할 수 있다. 어떤 형태로든 현대인은 작가 행세를 하며 산다. 브런치, 블로그, 인스타그램, 트위터, 혹은 SNS 메신저에 이르기까지 우리는 자신의 목소리를 내는 데 혈안이 되어 가고 있다. 들어 주는 사람이 있어야 하거늘, 작가들은 좋아요, 개수를 보고 누군가가 내 말을 경청하고 있구나, 자위하며 그다음 업로드할 글을 위해 다시 글 감옥으로 향한다.

그래도 잠시 외젠 이오네스코를 밀쳐 내고 낙관적으로 생각해 보면, 진짜 들어 주는 사람이 있다는 것이다. 타미나는 어디든 존재한다. 대신 타미나가 말을 하기 시작했을 때 우리도 또 다른 타미나가 될 수 있다는 가능성을 열어 두자. 설령 "정말 나랑 똑같네……, 나는 …….."이라고 말해도 괜찮다. 그것이 우리 귀를 해방하고 상대방의 귀를 차지하려는 시도일지라도, 그러면서 어찌어찌하다 보면 우리는 왜 귀가 두 개고 입이 하나인지 알게 될 것이고 절묘한 균형점을 찾아 타협할 수 있을 것이다.

그래서 이 책을 읽으며 눈과 귀, 전두엽, 심지어 따뜻한 가슴까지 내어 주는 독자에게 언젠가 내 것들도 아낌없이 점령당하겠다고 약속드리고 싶다.

위로 세 마디

감정과 생각에 지배당하지 않기

불확실한 기억으로 어쩔 줄 모를 때

파트릭 모디아노의 『어두운 상점들의 거리』

나는 낯섦을 좋아한다. 낯선 길, 낯선 풍경, 낯선 도시 그리고 낯선 사람들. 나는 낯선 곳에 가서 낯선 풍경을 보고 낯선 길을 걷고 낯선 사람들을 조우할 때 살아 있음을 느낀다. 모든 것들이 생경할 때 나는 미세한 두려움에 대한 존중과 무한한 자유에 대한 쾌락을 알게 된다. 나는 틈만 나면 걷는다. 비행기를 타고 가야 하는 외국의 도시나 작은 마을 또는 우리나라 멀리 떨어진 내 마음속 미지의 장소로 갈 수 없을 때는 내가 사는 도시의 골목길을 찾는다. 골목에는 작은 상점들이 서로 마주 보고 있다. 낮 동안 겸손하게 햇빛이 스며들었던 골목은 해가 뉘엿뉘엿 이울어 갈 때는 더 빨리 어두워지기 시작한다. 어두운 상점들의 거리가 시작된다. 가끔 나는 내가 걷고 있는 거리가 전에 걸었던 거리는 아닌지 의문이 들기도 한다. 진짜 그 길인지 아니면 비슷한 실루엣인지 모른다. 어떨 땐 거역할 수 없는 기시감이 들기도 하는데 풀밭에서 우연히 네잎클로버를 찾은 기분이다. 그건 나에게 있어 행운의 감정이 아니라 차라리 충만한 행복이었다.

나는 아무것도 아니다. 그날 저녁 어느 카페의 테라스에서 나는 한낱 환한 실루엣에 지나지 않았다. 나는 비가 멈추기를 기다리고 있었다. 위트와 헤어지는 순간부터 소나기가 쏟아지기 시작했던 것이다.[29)]

나는 아무것도 아니다. 책의 첫 구절이다. 쓸쓸하고 애처롭고 철학적인 말이다. 기억과 관련해서 우리는 절대 기억을 이길 수 없다. 우리는 늘 패배자다. 그러니 우리는 아무것도 아니다. 기억은 우리의 주인이고 우리는 그것이 허용하는 한도에서 과거를 회상하고 미소 짓고 눈물짓는다. 주인이 관대하지 않을 때 우리가 할 수 있는 선택은 현재로부터 추적해 나가는 것이다. 이때 사용할 수 있는 것들은 사진이나 편지, 메모와 같은 물리적인 단서들이다. 즉 눈에 보이는 것들로 눈에 보이지 않는 것들을 찾아가는 방법인 것이다. 사진, 편지, 메모들은 결국 기억의 방을 열 수 있는 열쇠인 셈이다. 사진 찍는 행위는 그래서 열쇠를 가공하는 행위다. 추억을 잘 보존하고 싶으면 평소 열심히 사진을 찍어 두어야 한다.

누군가가 말했다. 책의 첫 문단을 거꾸로 읽어 보라고. "위트와 헤어지는 순간부터 소나기가 쏟아지기 시작했던 것이다. 나는 비가 멈추기를 기다리고 있었다. 그날 저녁 어느 카페의 테라스에서 나는 한낱 환한 실루엣에 지나지 않았다. 나는 아무것도 아니다." 이렇게 쓰면 과거로부터 현재로의, 시간의 흐름에 따른 문장이 되질 않는가. 그러나 원래 문장들을 읽고 이 문장들을 읽으니, 감칠맛이 떨어지는 것 같다. 작가는 문장들을 시간에 역행되게 썼다. 맛깔날 뿐만 아니라 그렇게 쓰니 기억을 더듬어 가는 주인공의 심정을 잘 묘사한 것 같다. 그런데 앞에서 말했듯이, 이렇게 문장들을 거꾸로 읽어 보자, 라고 생각한 건 내가 아니다. 이러한 방식의 글 읽기를 어디서 들었는지 기억이 어렴풋하다. 책을 함께 읽고 이야기를 나눈 지인이었는지 아니면 어느 서평이었는지. 기억이 이렇다. 기억을 기억할 증거가 없으면 우리 기억의 신뢰성은 도시 믿을 수 없는 것이 된다. 행여나『어두운 상점들의 거리』의 첫 문단 거꾸로 읽기를 제안한 분이 계셨다면 출처를 밝힐 수 없는 점 사죄드린다. 내 별 볼 일 없는 기억이 길티(guilty)다. "기억이 잘 나지 않습니다."라는 청문회에 소환된 어느 정치인의 변명과는 결이 다름을 이해해 주시리라 믿는다.

『어두운 상점들의 거리』는 기억에 관한 이야기다. 주인공이 그랬고, 말했고, 누굴 만났고, 어떻게 살았넌 것에 대해 너듬너듬 찾아가는 과정이다. 안개 속에서 길을 헤쳐 나가는 자동차처럼, 하나의 이정표를 만나면 다음 이정표의 단서를 구하고 다음 이정표에 도착하면 거기서부터 다시 느릿느릿 나아간다. 단 미로는 앞을 향하는 것이 아닌 뒤를 향해 있다. 추억으로 뒷걸음칠 때 고민하고 살펴보아야 하는 것은 한두 가지가 아니다. 순간순간 만나는 추억의 조각들은 확실하고 정확한가. 기억을 도와주는 사람들이 속이는 것은 아닌가. 과연 그럴 만한 가치가 있는가. 그럼에도 과거의 자신을 아는 것은 중요하다. 과거에 켜켜이 쌓인 추억들의 총화가 현재의 나를 규정해 줄 수 있다. 영화 〈터미네이터〉에서는 미래가 현재를 간섭하고 개입하지만 보통 인간의 삶은 과거가 현재를 증명할 테니까.

어느 흥신소 탐정 기 롤랑은 과거의 기억을 모조리 상실했다. 자신의 기억을 찾으려고 흥신소를 방문했다가 유사한 경험을 지닌 흥신소 운영자 위트로부터 과거는 잊고 현재와 미래만을 생각하고 살아가자며 함께 일할 것을 제안받은 지는 어언 8년. 이제 기 롤랑은 타인을 미행하고 타인의 삶을 추적해 주는 일로부터 퇴직하고 자신의 기억을 찾기로 결심한다. 그는 폴 소나쉬체라는 사람과의 전화 통화를 시작으로 카페 운영자, 러시아 이민자, 어느 저택 관리인, 사진작가, 경마기수 등과 만나면서 점차 자신의 실체를 찾아간다. 사진 몇 장을 단서로, 그 사진 속 남자가 자신일 것 같다는 믿음으로 과거로의 여행을 시작하는 것이다. 그는 만나는 사람들에게 자주 묻는다. 사진 속 남자가 자신과 비슷하게 생겼다고 생각하지 않느냐고? 기억은 이런 것이다. 얼마나 어이없는가. 자신인데도 자신이라고 확신하지 못하는 것. 그가 찾으려는 잃어버린 시간들은 점차 불확실해진다. 그럴 때마다 무릎이 푹푹 꺾이는 좌절감은 얼마나 사람을 절망하게 만드는가.

그리고 또, 기억은 이런 것이다. 나라는 존재는 나 자신으로부터 증명되는 것이 아니고 타인의 기억으로부터 나오는 것. 프랑스의 심리학자 자크 라캉도 비슷한 말을 했다. 나의 주인은 내가 아니라 다른 사람들이고 나는 타인의 욕망을 욕망한다고. 일명 타자의 철학이다. 그래서 내가 존재했다는 기억은 타인의 기억 속에서 형성된다. 즉 목격자가 필요한 것이다. 내가 살았던 것을 내가 아는 건 의미가 없다. 나는 타인의 기억 속에서만 오롯이 살 뿐이다. 정말 그럴까. 그러나 더 억울한 것은 많은 부분 그 목격자들조차도 나에게 아무 관심이 없다는 것이다. 나는 누군가의 사진 속에서 배경으로 존재하지만, 그 배경으로서의 존재인 내가 어느 날 사라진데도 아무런 일도 일어나지 않는다. 작가의 말마따나 우리는 모두 '해변의 사나이'다. 해변의 사나이는 바닷가에서 수상 안전요원이나 서핑보드 교육 전문가 같은 사람들이다. 우리는 수많은 바캉스 사진 속에 날이면 날마다 배경으로 찍히지만, 우리를 기억하는, 기억하고 싶어 하는 사람은 아무도 없다. 넓게 보면 사람들은 이렇게 서로들 해변의 사나이다. 우리 개개인은 아무런 의미도 없다. 존재가 그렇고 기억이 그렇고 삶이 그렇다. 우리는 무에서 왔다가 무로 돌아가 버린다. 어째 쓸쓸하지 아니한가.

기 롤랑은 보브라고 불리는 저택 관리인으로부터 자신의 이름이 페드로라는 사실을 알았다. 그리고 엘렌이라는 어떤 여자로부터 자신의 이름 퍼즐을 완성한다. 그는 페드로 맥케부아였던 것이다. 자신에게 주어진 이름. 이름도 원래 자신의 것이 아니니 생경할 수밖에 없다. 태어나면서부터 인간은 숙명적으로 내 것이 없다. 우리는 이름조차도 빌려 쓰는 것이다. 그 빌려 쓴 이름조차도 오랫동안 잃어버리고 (혹은 잊어버리고) 살았다면 이름을 듣고 당혹감이 드는 것은 당연하다.

그러던 어느 순간 꼬리에 꼬리를 무는 기억들 속에 마치 테세우스가 아리아드네의 실타래 도움으로 미노타우로스 미궁을 빠져나왔듯이, 기 롤랑은 흐릿하게 기억의 실타래를 잡고 따라가기 시작한다. 그는 애인 드니즈와 몇몇 친구들과 므제브로 도피했던 것이다. 므제브는 프랑스와 스위스의 국경 지대에 있는 알프스 마을이다. 그들은 그곳 남십자성이라는 별빛 같은 이름의 산장에서 숨어 지내며 겨울을 보낸다. 그렇지만 불법체류자의 삶을 계속 유지하기에는 한계가 있기 마련이다. 그는 자유를 찾아 드니즈와 함께 스위스로 밀입국하기로 결심했다. 그들을 도와준다고 속삭인 사람들. 이상한 웃음을 짓던 사람들. 그리고 그는 드니즈를 잃어버렸다. 그는 눈 속에 드러눕고 말았다. 기억의 끝. 또.

책 제목인 『어두운 상점들의 거리』는 주인공이 한때 살았을지도 모를 옛 주소인 이탈리아 로마 2번지의 거리 이름이다. 부티크 옵스퀴르 가(어두운 상점들의 거리). 그는 기억의 퍼즐 완성을 위해 마지막으로 그곳에도 가 볼 예정이다. 자신의 흔적을 찾아내기 위해서 어두운 상점들의 거리를 걸어 다닐 그를 생각하니 왠지 처연해진다. 흐릿한 흑백 영상 속의 실루엣. 낯선 거리, 낯선 풍경. 몽환적이고 꿈길을 걷는 듯 안개가 자욱하게 퍼져 흐를 것 같다.

그래도 괜찮다. 설령 기억의 매듭이 끊어져 과거와 현재가 완벽하게 만나지 못하더라도, 그 어느 중간 지점쯤에 머물러도, 그만큼의 가치는 있는 것이다. 과거를 완벽하게 기억하는 것은 기억상실증 환자가 아니더라도 불가능한 일이다. 스캔하듯이 완벽하게 기억할 필요도 없다. 때론 잊고 싶은 것도 있고 때론 잊어야 할 것도 있고 때론 기억하고 싶은데 기억할 수 없는 것도 있다. 기억의 편린들은 원래 그런 것이다. 그저 우리가 할 수 있는 일이라곤 기억, 제 하고 싶은 대로 놓아주는 것이 아닐까. 그러다가 뿌옇고 흐릿한 영상이 입체적인 면으로 떠오르든 혹은 점점이 흩뿌려지든 시큼 눈이 시려올 정도로 아름다운 기억이 자신도 모르게 솟아오르면 빙긋 미소로 화답하자. 그것은 어두운 상점들의 거리를 걷다가 우연히 자아를 발견할지도 모를 페드로의 느낌일 테니까. 기 롤랑으로서가 아니라 페드로 맥케부아로서.

잊지 말아야 할 것은 과거의 기억보다는 지금을 기억하는 것이다.

늘 다이어트에 실패할 때

법구의 『법구경』

다이어트는 내일부터 하는 게 맞다. 맛있는 음식을 앞에 두고 참을 수 있으면 이미 그(녀)는 반은 부처일 테니 말이다. 평범한 사람은 웬만해서는 부처가 되기 어렵다. 그래서 늘 다이어트에 실패해도 너무 자책할 필요는 없다. 사람이라는 속성이 원래 그렇다. 사람은 집착에서 벗어날 수 없다. 먼 선사시대에 넓은 초원을 누비며 야생동식물을 섭취했던 인간의 식습관이 오늘날 우리에게 냉장고에 가득가득 음식을 채워 넣도록 하는 DNA를 전해 주었다고 말하는 유발 하라리의 입을 빌리지 않더라도 우리는 충분히 탐욕적이다. 집착이라는 말의 유의어는 인간적이라는 말일 수 있으니 먹방을 보고 야식을 시켜 먹는 스스로의 행위에도 자책하거나 분노하진 말자. 그저 인간일 뿐이다. 굳건히 참아낼 수 있으면 부처에 조금이라도 가까이 다가서는 인간일 게고, 항상 무너진다면 평범한 인간일 뿐이다. 더 평범하게 살지, 덜 평범하게 살지는 그저 개인 선택의 영역이다.

『법구경』은 부처가 열반에 든 지 300년 후쯤에 시구 형식으로 된 부처님의 말씀을 채록하여 기원 전후경에 인도의 법구가 편찬한 책이다.[30] 채록은 여기저기 각 지방에서 입으로 입으로 전해 내려오는 말씀, 설화, 민요 등을 글로 기록하여 남기는 과정을 의미한다. 소크라테스가 직접 글을 남기지 아니하였듯이, 부처도 직접 글을 쓴 적이 없었으니, 채록이 맞다. 원본은 팔리어본이다. 팔리어는 소승불교 경전에 쓰인 종교어로 옛날 남인도 지방언어의 한 종류라고 한다.[31] 팔리어본 『법구경』의 원제목은 담마파다(Dhamma-pada)이다. 담마는 법 혹은 진리, 파다는 구 또는 말씀이라는 뜻이니 담마파다는 '진리의 말씀'이라는 의미가 된다. 진리의 말씀이라는 제목을 들으니, 아틀라스가 짊어진 하늘의 무게가 느껴진다. 팔리어본은 26품 423송으로 이루어져 있다.[32] 423송은 423편의 게송을 말한다. 게송은 부처님의 가르침이나 공덕을 읊어 놓은 짧은 구절로 일종의 시와 같은 것으로 그냥 게(偈)라고도 한다. 정리하면 『법구경』은 초기 소승불교의 교단에서 면면히 전해 내려오는 부처님의 말씀을 채록하여 주제별로 적절하게 분류하여 편집한 책이라고 볼 수 있다. 그러할지니 부처님께 가까이 다가가려면 살아 계셨던 부처님의 시대와 가까웠던 『법구경』은 필독서이다.

거칠고 단순하게 말하면 불교는 집착을 버리고 마음을 비움으로써 근심을 지워 해탈하여 열반에 이르는 길을 제시하는 종교라고 할 수 있다. 다시 말해 모든 걱정거리의 근원은 집착이다. 집착을 없애는 것이야말로 항상 편안한 상태를 유지하는 지름길이 되는 셈이다. 이 점에서 불교는 스토아학파의 '아파테이아(apatheia)'라는 개념과 닮아 있다. 아파테이아는 욕망과 정념을 제거한 부동심의 상태를 일컫는다. 그런데 그게 어디 쉬운 건가. 집착하지 않으려면 인간 세계의 욕구를 버려야 한다. 욕구를 버려야 한다니. 매슬로우(Maslow)가 자다가 벌떡 일어날 일이다. 당장 생리적 욕구는 어쩔 것인가.

그럼에도 혹은 그래서 『법구경』 같은 불교 경전을 읽을 필요가 있다. 집착을 완전히 버릴 수 없다면 덜 집착하는 방법이라도 배워야 사는 게 덜 힘들다. 영원히 끊어 버리지 못하겠으면 지혜롭게 공생하는 법을 배울 필요도 있다는 말이다. 배가 터지도록 먹지 않고, 허리가 아플 때까지 자지 않고, 매시간 남친 또는 여친의 위치 파악을 하지 않는 것은 덜 집착하는 방법을 배워 가는 과정이다. 배부르게 먹어 후회하고, 늘어지게 늦잠을 자서 후회하고, 시시콜콜 연인이 무엇을 하고 있는지 체크해서 후회한다면, 그리고 이런 것들을 무한 반복한다면 충분히 인간적이기는 하겠지만 왠지 조금은 서글프다. 다이어트는 내일부터 하는 게 맞지만, 어느 결정적인 순간에 인내 부족인 스스로에게 왕짜증이 일면 음식에 덜 집착하는 법을 생각해 보는 것이다. 그러다 보면 에피쿠로스가 말한 마음의 평정 상태인 '아타락시아(ataraxia)'와 몸의 고통이 없는 '아포니아(aponia)'에 한 걸음이나마 더 다가설 수 있을지 모른다.

책을 읽다 보면 인생의 글귀를 만날 때가 있다. 어떨 때는 단 한 문장만 읽어도 그 책이 너무 좋아지기도 한다. 『법구경』에서 내게 와닿은 최고의 문장은 호희품 2장이다. 역시 집착에 대한 문장이다. 사랑하는 사람에게 집착하지 아니하고 미워하는 사람을 가지지 않는 삶은 어떨까. 사랑하되 무덤덤할 수 있고 사랑하지 아니하되 무덤덤할 수 있다면 그런 인생 재미없을까, 아님 평안할까. 먹고 싶은 고칼로리 음식에 집착하면 다이어트에 실패할까 봐 먹을 수 없어 걱정이고, 다이어트에 극강으로 도전하기 위해 먹을 수 없는 음식의 종류가 많이 생기면 먹을 만한 음식이 없어 걱정이니 이래나 저래나 집착은 무서운 것이다.

사랑하는 사람에게 집착하지 말라
미워하는 사람도 가지지 말라.
사랑하는 사람은 만나지 못해 걱정이고
미워하는 사람은 만나서 또한 걱정이기에.
(호희품 2장)[33]

부처님은 이 세상의 삶이 짧기에 집착해서 무엇 하냐고 설파하지만, 짧고 허무한 삶이라서 인간은 오히려 더 탐하는 것은 아닐까. 이왕 한 번 사는 인생, 먹고 싶은 거 마음껏 먹고 싶은 게 인지상정인 건지. 그래서 먹고 죽은 귀신은 때깔도 곱다, 라는 말을 '여우의 신포도'처럼 하지 않는가. 사실은 너무 많이 먹고 죽은 귀신은 위장 속에 소화되지 않은 음식물이 그득해 더부룩할 텐데.

육신은 멀지 않아 흙으로 돌아가서
형체가 사라지고 정신도 떠나간다
잠시 의지하여 머무는 이 몸에 무엇을 탓할까
(심의품 9장)[34]

집착은 자식과 재산에도 적용될 수 있다. 자식에 대한 사랑이 변질되면 무서운 집착이 된다. 집착이 크면 클수록 무자식이 상팔자, 라고 넋두리를 늘어놓지만, 그 후에 다시 더 강한 집착이 시작된다. 재산도 마찬가지다. 돈은 많을수록 좋다, 라며 자본주의 논리를 맹신하는 우리 사회에서는 아파트 위치와 크기, 자동차 크기와 원산지 같은 것들에 그리 목매지만, 정작 목표 달성이 완료되면 또 다른 집착이 생겨난다. 물질이 주는 행복도 한계효용체감의 법칙에 적용받는다. 처음에는 9번째 구름(cloud nine) 위에 올라탄 듯이 극도로 행복한 상태에 놓이지만 - 'on cloud nine'은 매우 행복한 상태를 나타내는 영어 구문이다. 몽글몽글한 뭉게구름 위에 올라탄 느낌을 상상해 보시라 - 결국 행복이라는 감정도 빗방울이 되어 땅으로 땅으로 추락할 수밖에 없다. 그러다 보면 더 강하고 더 중독되고 더 짜릿한 그 무언가를 가져야 하는데 그런 게 어디 있던가. 물질로부터 지속적인 쾌락을 추구하는 인간은 결국 영원한 공복과 갈증으로 고통받는 그리스 신화의 탄탈로스와 같다.

내 자식이 있고 내 재산이 있다고
어리석은 사람은 분주하게 좇아 다니며 고뇌한다.
내 몸도 또한 내 것이 아니거늘
어찌 내 자식, 내 재산에 대한 집착으로 고뇌할 것인가.
(우암품 4장)[35]

그럼에도 삶의 욕망을 충족시키면서 살아가면 하루하루가 즐거울 수밖에 없겠다. 로마의 시인 호라티우스는 카르페 디엠, 을 찬양했으니 그게 우리 식으로 노세 노세 젊어서 노세, 와는 결이 다를지라도 하루하루를 최선을 다하며 즐겁게 살라고 하는 것은 맞다. 확실한 것은 대강대강 욕망에 사로잡힌 날들로 삶을 채울 것이 아니라 의미 있는 날들로 채워 나가야 하는 것이다. 죽음의 목전에서 등불을 찾고자 한다면 그 삶 너무 비참하지 않을까.

어찌하여 즐거워하는가. 어찌하여 웃고 있는가.

생명은 언제나 소모되고 있거늘

깊고 그윽한 어두움에 가려진 채

어찌하여 등불을 찾지 않는가.

(노모품 1장)[36]

또 그럼에도 어제가 오늘 같고 오늘이 내일 같은 사람이 때로는 부럽다. 나에게는 아직도 너무 많은 불덩이가 가슴 속에서 이글거린다. 『법구경』 같은 책이 좋은 것은 소화기의 역할을 해 줄 때도 있다는 것이다. 무언가를 소망한다는 것, 욕망한다는 것이 없다면 그건 삶이 아니라고 생각해 왔다. 이제는 소망하지 아니하고 욕망하지 아니하고 집착하지 아니하는 삶도 배워 나가야 한다는데, 솔직히 머리가 아찔하고 가슴이 먹먹해진다.

하나만 더 소개하겠다. 데카르트는 이렇게 말했다. “나는 생각한다. 고로 나는 존재한다(Cogito, ergo sum).” 이 말은 생각하는 나가 의심하고 있는 동안은 자신의 존재를 의심할 수는 없다, 는 말이다. 얼마나 확신에 찬 말인가. 그러나 아주 오래전에 부처님께서는 말씀하셨다. 확실한 나라는 것은 없다고. 그러니 겸손하고 버리고 비워야 한다고. 합리주의자가 불교철학을 만나면 아주 당황할 것이다. 나를 사랑하고 나를 내세워야 하는 현대의 많은 주장들도 버려라 버려라, 하는 불교의 가르침에 반기를 들지 모르겠다. 그러나 자신을 버린다는 것은 얼마나 우아한 일인가. 버림은 얻음보다 그 울림이 너무 크다. 오랫동안 입지도 못하고 옷장에 처박아 둔 양복 한 벌 버릴 때도 쾌감이 일지 않던가.

나는 스스로를 확실한 나라고 여기지만

확실한 나라는 건 존재하지 않음을 생각하라.

그러므로 마땅히 나를 없애야 하니

이렇게 다스리면 어진 사람 되리라.

(사문품 20장)[37]

다이어트는 내일부터 하는 게 맞다. 그리고 내일이 되면 또 그다음 날부터 하는 게 맞다. 그렇게 미루고 미루다가도 삶의 군더더기를 빼고 싶은 어떤 철학적 순간이 오면, 그때는 철학적인 다이어트를 시작할 수 있다. 성공 가능성이 높아지는 것은 당연하리라.

비극적인 드라마에 거부감이 들 때

아리스토텔레스의 『시학』

한 남자가 한 여자와 사랑에 빠진다. 남자의 부모는 결사반대다. 자기들 눈에 흙이 들어가도 안 된다고. 남잔 왜 안 되냐고 묻는다. 부모는 그냥 걔만 아니면 다 된다고 한다. 남자는 로미오와 줄리엣의 현대판 버전일지언정 그 여자를 버릴 수 없다고 한다. 남잔 그 여자와의 운명적인 사랑을 이어 나가기 위해 부모와의 연을 끊고 집을 나간다. 그리고 후에 우연한 계기로 알게 된다. 그 여자는 배다른 여동생이라는 걸.

어디서 많이 본 장면이 아닌가. 이 정도면 애절하다. 그러나 이제 이런 드라마는 막장 축에도 못 들어갈 정도로 도덕적 수위를 넘어서는 드라마들이 도처에 흘러넘친다. 욕하면서 보는 드라마들. 시청자들의 가슴을 들었다 놓았다 하는 드라마들. 이 모든 것들의 연출은 사실 아리스토텔레스에게 일정 부분 빚을 지고 있다. 그는 호랑이가 담배 피우던 시절, 아니 그 호랑이의 호랑이의 호랑이가 담배 피우던 그 아득한 옛날에 이미 관객들을 훅 빠져들게 하는 드라마의 메커니즘을 이해했다.

아리스토텔레스는 플롯을 어떻게 효과적으로 구성해야 하는지 알았다. 그가 말한 플롯의 구성요소에는 급반전, 발견, 수난이라는 것이 있다. 급반전은 말 그대로 "사태가 반대 방향으로 바뀌는 것"을 의미하고 발견은 "무지의 상태에서 앎의 상태로 이행하는 것"을 말한다.[38] 드라마에서 발견과 급반전이 한 쌍을 이루어 서로 결합할 때, 즉 이제까지 어떤 경우에도 상상하지 못했던 모종의 사실을 갑자기 알게 되었을 때, 우리는 등장인물에 대해 슬픔이나 연민, 놀람이나 공포의 감정을 느낀다. 예를 들어, 사랑하는 여자가 어느 날 갑자기 이복동생임이 밝혀질 때, 시청자들은 "저런, 이제 어쩌면 좋아.", "말도 안 돼.", "저들이 너무 불쌍해." 등의 말들을 내뱉으며 급반전과 발견이라는 장치 속으로 빠져드는 것이다. 그리고 곧 누 주인공은 수난을 당하게 된다. 즉, 수난이란 "죽음이나 고통과 같이 파괴적인 파국을 야기하는 행동"을 일컫는데[39] 로미오와 줄리엣은 결국 자결로 생을 마감했다. 중요한 것은 급반전, 발견, 수난이라는 3종 세트에는 반드시 개연성이 있어야 한다는 것이다. 그럴듯하지 않으면 시청자들이 외면하는 모습은 비일비재하다.

시학(poietike, 포이에티케)은 얼핏 그 이름만 들어 보면 시를 잘 쓰기 위한 작시론처럼 들린다. 안타깝지만 우리가 인지하고 있는 그런 시를 잘 쓸 목적이라면 아리스토텔레스의 『시학』을 읽을 필요는 없다. 오히려 『시학』은 TV 드라마나 영화 시나리오 작가 지망생들이 읽으면 요긴하게 도움이 될지 모르겠다. 이 책은 주로 비극을 이야기하고 희극이나 서사시를 간단히 언급하는 정도니까. 그렇다고 그들이 좋은 작품 만들어 보겠다는 열의로 『시학』을 읽으리라 생각하진 않는다. 이미 그들의 몸속에는 이 책에서 말하는 중요한 논점들이 세포처럼 다닥다닥 형성되어 있으리라는 게 내 생각이다.

비극을 구성하는 체계적인 방법에 대해 거의 처음으로 정리한 아리스토텔레스의 생각은 아마 그다음 세대의 누군가에게 전수되었을 것이고 그것은 또 그다음 누군가에게로, 그러다 보니 지금은 수많은 사람들이 비극을 이해하고 극을 구성하고 연출하는 방법을 익히도록 도움을 주었을 것이다. 그러나 그런 생각들이나 의견들은 아리스토텔레스의 『시학』에 주석을 달았을 뿐이다. 실제 원조를 찾아 떠나 보고 싶다면 그를 만나 볼 수밖에 없겠다. 맛집을 찾아 수많은 프랜차이즈 지점이나 아류 식당들을 거쳐 가는 것도 방법이겠지만, 원조 본점을 가 봐야 직성이 풀리는 사람은 『시학』을 읽어 보면 그 맛을 제대로 알게 된다. 2,300여 년 전의 생각이 지금도 통용된다는 게 그저 놀랍기만 하다.

아리스토텔레스에게 있어 희비극이나 서사시는 모두 모방 양식에 불과하다. 하긴 그렇다. 예술이나 문학은 인간의 삶을 모방하는 것일 테니. 근데 가끔은 헷갈리기도 한다. 예술이 우리의 삶을 모방하는 건지, 우리가 예술을 모방하는 건지. 다시 말해 연출가는 드라마나 연극, 영화와 같은 자신의 작품 속에 인간의 다양한 경험을 녹여내거나 아니면 인간들이 예술작품 속 등장인물을 모방해 색다른 삶을 살아가기도 한다. 자동차들이 휙휙 지나가는 8차선 대로 중앙선에서 키스해 봤던 경험을 드라마에 삽입하기도 하지만, 반대로 영화를 보고 나서 소심하지만, 용기를 내어 동네 앞 2차선 도로 중앙선에서 사랑하는 사람과 키스해 볼 수도 있는 것이다.

어찌 되었든 아리스토텔레스는 그의 스승 플라톤과는 달리 모방으로서의 예술의 가치를 인정했다. 그것은 모방으로 얻게 되는 인간의 즐거움 때문이다. 플라톤은 『국가』에서 예술의 가치에 대해 부정한다. 참된 것은 이데아일 뿐이다. 예를 들면 신은 침대의 이데아를 창조했으며 그 이데아를 본떠 목수는 침대를 제작했고 그 침대를 보고 화가가 그림을 그렸으니, 그것은 모방한 것에 불과한 것이 되는 것이다. 즉 그림이든 시든 모방으로서의 예술작품은 실재로부터 3단계나 떨어져 있으니 그리 훌륭한 것은 못 되는 것이다. 그럼에도 너무나 완벽한 풍경, 예를 들어 캐나다 밴프 국립공원의 레이크 루이스(Lake Louise)를 앞에 두고 앉으면, 물의 요정들이 사는 이데아가 이런 곳이 아닐까, 라는 생각이 드는 것을 보면 설령 호수의 이데아가 따로 있다손 치더라도 레이크 루이스도 그에 못지않게 닮았다고 느껴진다. 그런 면에서 아리스토텔레스의 의견이 더 와닿는다.

그러면 실제 삶에 있어서의 사람을 모방할 경우, 어떤 사람을 모방하는가. 여기서 희극과 비극의 차이가 나온다. 우리가 아는 상식으로는 희극은 관객에게 즐거움을 안겨 주는 것을 주된 목적으로 연출된 극이고, 비극은 매우 슬프고 비참한 일이나 사건이 연출된 극이라고 할 수 있다. 그러나 이게 전부는 아니다. 아리스토텔레스는 비극과 희극의 차이를 다음과 같이 단순명쾌하게 설명한다.

> 희극은 우리만 못한 인간을 모방하려 하고, 비극은 우리보다 더 나은 인간을 모방하려 한다.[40]

그의 구분은 참으로 타당하게 들린다. 관객의 입장에서 볼 때, 단순히 웃고 즐거우면 희극이고 슬프고 울고 싶은 감정이 생기면 비극이라 할 수 있겠지만, 모방 대상을 나누어 그 둘의 차이를 설명한 그의 의견을 곰곰이 생각해 보면 그의 명쾌한 논리에 고개가 끄덕여진다. 누구를 모방하는가에 따라 이미 희극일지 비극일지 판단할 수 있기 때문이다. 특히 아리스토텔레스는 우리보다 더 나은 인간을 모방하고자 하는 '비극'의 진정한 가치를 전달하기 위해 '카타르시스(katharsis)'라는 용어를 소개했다. 카타르시스는 원래 의학용어에서 유래하였는데, '감정의 정화'나 '감정의 배설'을 뜻한다.[41] 관객은 높은 수준의 인격을 가진 비극 주인공의 운명에 공감함으로써 자신의 내부에 잠재되어 있는 불안, 연민, 공포 등을 해소하고 발산할 수 있는 것이다. 그러니 행복할 때는 카타르시스를 느낀다고 말하면 안 될 것 같다.

이와 같은 비극을 구현하기 위해서 아리스토텔레스는 6가지 중요한 구성요소가 필요하다고 역설한다. 그것들은 플롯, 성격, 사상, 조사, 노래, 볼거리를 말한다. 플롯은 "사건의 짜임새"를 말하는 데 가장 중요하다고 했다. "비극은 인간을 모방하는 것이 아니라 인간 행동을 모방하기 때문이다."[42] 다시 말해 인간의 행위를 묘사하기 위해서는 플롯이 불가피한 것이다. 지금 우리가 만나는 모든 드라마에서도 플롯의 중요성은 이루 말할 수 없다. 다음으로는 성격이 중요한데 "성격은 행동하는 인간의 본성을 판단하게 해 주는 것"을 의미한다.[43] 플롯이 그림 그릴 때의 밑그림이라면 성격은 그 밑그림을 채우는 색깔인 것이다. 성격은 대부분 등장인물의 행동이나 말에 잘 드러난다. 직접적인 대사를 읊으면 더 뚜렷하게 파악되겠지만, 단순하게 표정으로도 성격을 알 수 있는 장면은 어디서나 흔히 볼 수 있다. 세 번째로 중요한 것은 사상이다. 사상은 "상황에 맞는 말과 적절한 말을 할 수 있는 능력"이라고 설명할 수 있는데, 성격이 등장인물의 의도를 드러내는 것이라면 사상은 "무엇을 증명하거나 논박하거나 보편적인 명제를 말할 때 그들의 발언 속에 들어 있다"고 아리스토텔레스는 그 둘을 구별한다.[44] 나머지 남은 셋 중에서 조사는 "운율의 배열"을 의미하고 볼거리는 "등장인물의 의상이나 무대 장치"를 말하며 노래는 비극

을 더 비극답게 해 주는 감초 같은 역할을 한다고 볼 수 있다.[45]

그렇다면 훌륭한 비극이 되기 위해서 플롯을 구성할 때는 어떤 점을 특히 고려해야 할까? 아리스토텔레스는 3가지를 제시한다. 우선, "주인공의 운명은 행복에서 불행으로 바뀌어야 한다." 불행에서 행복으로 바뀐다면 아무래도 비극의 효과가 반감될 것이다.[46] 다음으로 훌륭한 비극이 되려면 "주인공에게 닥치는 불행은 악덕과 비행 때문이 아니라 하마르티아 때문이어야 한다". 하마르티아(harmartia)는 단순한 판단 착오나 실수, 과실 등으로 옮길 수 있다.[47] 그러니까 주인공이 원래 나쁜 놈이기나 나쁜 놈이라는 성격적, 도덕적 결함을 지녔다기보다는 원래는 괜찮은 사람인데 실수로 인해 불행의 나락으로 떨어지는 것을 말한다. 대표적인 예가 오이디푸스인데, 그는 하마르티아로 인해 자기의 아버지를 죽이고 어머니와 결혼하는 패륜을 저지른다. 여기서 나온 말이 오이디푸스 콤플렉스다. 마지막으로 "주인공의 신분은 적어도 미덕적인 면에 있어 중간 수준 이상이거나 아니면 훌륭한 가문에서 출생하여 큰 명성을 누리는 자라야 한다".[48] 못난 자가 비극의 주인공이 된다면 관객들의 반응은 뻔할 것이다. "싸다 싸", "내 그리될 줄 알았다", "속이 시원하다". 그렇다면 그건 희극이 되고 말 것이다.

아리스토텔레스의 『시학』은 그리 분량이 많지는 않다. 질적으로는 난이도가 조금은 있는 독서일 수 있겠지만 양적으로는 읽을 만하다. 이 책은 그의 『수사학』과 같이 읽으면 서로 간에 더 이해하기 쉽다. 또한 『시학』을 읽고 나면 꼭 읽어 보아야 할 작가들의 작품들도 많다. 그리스 3대 비극작가로 불리는 아이스퀼로스, 소포클레스, 에우리피데스의 비극작품, 그리고 아리스토파네스, 메난드로스의 희극작품 등이 줄을 서서 기다린다. 몇 번을 만나도 정이 가는 그런 인물들. 넷플릭스의 드라마나 영화도 봐야 하고 스포츠 경기도 관람해야 하고 늦잠도 자야 하고 직장생활도 해야 하고 카페에 가서 가끔 수다도 떨어야 하고, 아, 이러다가 언제 저런 작품들을 읽어 볼까마는, 인생은 생각하는 것보다 사실 간결하다. 쓸데없는 잉여를 줄이는 것. 단출해진다는 것은 덜 화려해진다는 것이라기보다는 더 집중하는 것이 아닐까. 아무런 것도 들어가 있지 않은 빵이 외려 담백하고 감칠맛이 나 계속 손이 가는 것처럼 그렇게 말이다. 자, 오늘부터 시작해 볼까. Shall we read?

화를 참지 못할 때

루키우스 안나이우스 세네카의 『화에 대하여』

지인의 아들에 관한 이야기다. 컴퓨터 게임에 푹 빠졌다. 전투 시뮬레이션 게임의 일종인데, 지인의 말에 따르면 허구한 날 총질한다고 밥 먹으라는 소리 몇 번을 말해도 한참 있다가 식탁에 앉는다고 한다. 그리고 허겁지겁 입안에 밥알을 쑤셔 넣고 5분도 채 안 되어 다시 전투 준비. 더 큰 문제는 게임에 졌을 때이다. 끓어오르는 분노를 참지 못하고 뷔페식 욕설과 함께 순진무구하기만 한 키보드를 주먹으로 쾅쾅 내리친다고 한다. 그래서 교체한 키보드가 이미 두 개. 평소에는 천사이거나 조금 양보해도 연옥에는 갈 수 있을 정도로 착한 아이라는데 게임이 잘 풀리지 않으면 그렇게 악마가 된다. 키보드를 다시는 사 주지 않겠다고 하고선 다시 사 주고 마는 지인의 속상함은 이루 말할 수 없겠다.

그렇다면 분노를 참지 못하고 키보드를 부숴 버릴 듯한 그 모습을 보았다면 로마 철학자 세네카는 뭐라고 말할까. 세네카의 답변도 상식적인 우리가 생각하는 것과 같다. 감정이 하나도 없는 무생물인 물건에 화를 내는 행위는 그저 바보 같은 행동이라는 것을. 그때나 지금이나 화를 낼 만한 대상이 아님에도 화를 내는 인간들이 있는 것을 보면 시대적으로도 사람 참 안 변한다.

하지만 컴퓨터 전투 게임도 일종의 전투라고 한다면 이에 대한 그리스 철학자 아리스토텔레스의 견해는 조금 다르다. 그는 '화는 고통을 고통으로 갚아 주고자 하는 강한 욕망'이라고 정의하면서[49] 전쟁과 같은 상황에서 하나의 집단으로서 화를 내는 것은 종종 도움이 될 때가 있고 분노는 사기를 진작시키고 용기를 자극하는 데 도움을 줄 수 있다고 한다. 단 이때도 화가 대장의 역할을 해서는 안 된다. 화는 그저 목표 달성을 위해 부차적으로 이용되어야 한다.[50]

아리스토텔레스는 그의 또 다른 저작 『수사학』에서 호메로스의 『일리아스』를 언급하면서 분노에 관해 이렇게 언급하기도 한다. 이 장면은 아킬레우스가 사랑하는 전우 파트로클로스의 죽음에 슬퍼하며 복수를 다짐하는 모습을 그린 것이다.

> "분노란 똑똑 떨어지는 꿀보다 달콤해서 인간의 가슴 속에서 점점 커지는 법이지요."[51]

만일 아리스토텔레스가 키보드에 펀치를 가하는 지인의 아들을 바라본다면 이렇게 말했을까. "그래, 잘하고 있어. 네 분노를 이용해서 다음 게임에서는 적을 모조리 몰살시켜 버려라." 그럴듯한 상상의 널뛰기가 아닌가.

그러나 아리스토텔레스와는 달리, 세네카의 기본적인 입장은 이성과 화는 절대로 양립할 수 없다는 것이다. 화가 이성의 말을 잘 들어준다면 그것은 더 이상 화가 아니라 다른 이름으로 불려야 하고 화가 이성의 말을 듣지 않는다면 파괴적이고 유용하지 않기 때문에 버려야 하는 것이다.

그 두 가지가 공존할 수 없다면 이성을 택하는 것이 당연하다.

사실 세네카처럼 이성에 기반한 삶을 살 수만 있다면 우리 삶의 고뇌는 훨씬 줄어들 것이다. 인간은 기본적으로 유약하다. 약해서 감성과 욕망에 이끌리는 게 허다하다. 나약하기 때문에 화를 내고 두려움에 떨고 슬픔에 빠지고 술에 취하고 마약에 빠진다. 드라마가 인간사를 흉내 낼 수 있는 복제판 같은 것의 하나라면, 드라마 속에는 이성이 아니라 감정과 욕망에 이끌리는 수많은 사람들이 등장한다. 그들은 질투하고 투쟁하고 분노하고 절망하고 미쳐 가고 사랑한다. 세네카적 인간형들만 드라마에 등장한다면 재미가 없어서 아무도 보려 하지 않을 것이다. 모두가 화를 참고 이성으로 상대방을 대하는 장면들만 봐야 한다면 생각만 해도 숨 막히겠다.

보통 드라마 속에는 분노가 폭발한 주인공이 글라스나 유리병 같은 것을 던져 산산조각 내며 몸을 떠는 장면이 흔히 나온다. 그렇지만 철학자 세네카가 드라마를 만든다면 아마 이렇지 않을까. 화가 난 여자주인공은 남자주인공의 뺨을 때리려는 찰나에 갑작스러운 깨달음을 얻는다. '내가 왜 이럴까. 내가 지금 화가 나기 때문에 저 남자의 따귀를 한 대 갈기려는 것이 아닐까. 아니다. 판단을 나중으로 미루자. 지금은 화가 나의 이성을 방해하고 있다.' 그러고 여자는 돌연 싸움 장면에서 사라지고 혼자만의 시간을 가진다. 남자의 실수를 심판하기보다는 자기 자신을 되돌아보게 된다. '나는 실수 없이 항상 잘하던가. 나도 실수할 때가 있지 않던가. 마음을 가라앉히고 역지사지의 대화법으로 이 문제를 해결해 보자.' 누가 이 도덕 수업 같은 드라마를 보겠는가.

역으로 이야기하면 그래서 드라마는 드라마다. 시청자들이 욕을 쏟아내면서 보는 드라마가 시청률이 높은 것은 다 이유가 있다. 인간은 기본적으로 욕망한다. 그 욕망의 과정에서 분출되는 수많은 종류의 감정 찌꺼기들이 배설되는 드라마를 통해서 우리는 우리가 하지 못하거나 할 수 없는 것을 간접경험 하는지도 모른다. 현실이 드라마 같다면 과연 제정신으로 살 수 있을까. 드라마, 특히 막장 드라마에 나오는 인간 군상들이 우리 주변에 있다면 아마 세네카를 찾거나 종교를 찾아야 할지 모른다. 그러고 보면 오늘이 내일 같고 내일이 모레 같은, 기껏해야 복길이 할머니와 며느리 사이의 고부갈등이나 장가 못 가는 응삼이의 고뇌가 전부인 〈전원일기〉와 같은 프로그램이 그토록 오래 장수할 수 있었던 건 참 기이한 일이다.

다시 현실로 돌아오자. 그러면 화를 참지 못할 때는 어떻게 해야 하는가. 세네카는 거울을 보라고 했다. 거울을 보면 추악하게 달라져 버린 자기 모습을 보고 충격을 받을 것이라고. 맞는 말이다. 그런데 분노가 폭발한 자가 과연 거울을 볼까. 불같은 화를 참지 못하는 사람에게 거울을 보면 도움이 될 수 있다고 말한 그의 처지를 생각해 보면 화라는 것은 미리 예방하는 것이 좋겠다. 즉 가장 중요한 것은 화라는 감정에 빠지지 않는 것이고 다음으로 화가 났더라도 자중하여 그릇된 행동을 피하는 것이다.

화라는 감정에 빠지지 않는 것. 화가 나려 할 때 이성으로 제압할 수 있는 능력. 오직 연습밖에 없을 것이다. 사실은 생각의 전환이다. 화의 분출은 기본적으로 나는 옳고 상대방은 틀렸다는 전제에서 출발한다. 내가 옳으니 틀린 사람에게 질책하는 것은 당연하다 생각할 수도 있겠다. 그러할지니 늘 나도 틀릴 수 있다는 겸허함이 필요하다. 상대방이 아무런 잘못도 하지 않았는데도 화를 내는 경우도 있다. 그것은 상대방을 무시하는 감정이 있기 때문이다. 이때도 겸손이 필요하다. 나는 아무것도 아니다, 라는 낮은 자세가 유지되어야 한다.

살다 보면 화가 날 때가 꽤 있다. 운전하는데 방향지시등 없이 갑자기 끼어드는 자동차, 허물을 귀신같이 지적하는 직장동료, 돈 많다고 자랑하는 초등 동창, 줄을 섰는데 새치기하는 타인, 시댁에 불만을 품는 아내, 집에 오면 낮잠만 자는 남편, 아이돌에게 빠져 공부는 뒷전인 딸, 셔츠에 엎질러진 커피, 내 발을 밟고도 모른 척하는 승객 등. 그때마다 화를 낼 것인가. 그때마다 화를 표출하여 자신에게 유쾌하지 못한 기분을 돌려줄 것인가. 도대체 내게 매일 기쁨을 주는 커피가 무슨 잘못을 했단 말인가. 타인의 부족한 인격에 왜 내가 화나야 하는가.

책의 마지막 장면을 소개하면서 글을 끝낸다. 화를 내며 살기에는 우리 인생은 너무나 짧다. 사랑만 하고 살기에도 너무 짧다. 어떻게 살아갈지, 어떻게 죽어 갈지는 오로지 우리에게 달려 있다. 재수 없으면 화만 내다가 무덤으로 직행할 수 있다.

> 자, 우리가 사람들 사이에 살면서 숨을 쉬고 있는 동안에는 우리를 인간으로 만들어주는 덕목들을 소중히 여기자. 그 누구도 두렵게 하거나 위험하게 만들지 말자. 우리는 손해와 부당한 일, 모욕과 경멸 따위로부터 높이 초월해 있음을 보여주자. 잠깐의 불편함은 넓은 마음으로 참아보자.
> 우리가 몸을 돌려 뒤를 돌아보는 순간 어느새 죽음이 지척에 있을지니.[52]

위로 네 마디

용기 있게 살기

감정을 과장하고 싶지 않을 때

알베르 카뮈의 『이방인』

국도를 신나게 달렸다. 출근길 아침이었다. 도착해 보니 30분도 더 남았다. 여유 있게 모닝커피를 마시는데 직장동료가 묻는다. "왜 그리 빨리 달려요? 지각도 아닌데." 나는 대답한다. "음악 때문에요." 동료는 알 수 없다는 듯한 표정으로 무언가를 말하려고 입술을 씰룩거리더니 슬그머니 돌아선다. 아뿔싸! 순전히 내 실수였다. 나는 사회적 소통 코드와는 다소 거리가 있는 말을 뱉은 것이다. 나는 그저 머릴 긁적이며 이렇게 말했어야 했다. "그냥 뭐…… 밟다 보니 그렇게 되었어요." 그게 올바른 대화법이다. 음악 때문이라니. 설사 그 음악이 아침부터 한없이 미치게 했더라도.

『이방인』은 그런 책이다. 『이방인』은 마음속에 있는 감정을 그대로 말하는 것이 얼마나 위험할 수 있는지 보여 준다. 사회가 정한 법과 규칙이라는 울타리에 살면서 적당히 타협하고 올바르게 받아들여지는 질문과 대답에 길들여진 사람들에게 자신의 감정을 건조하게 툭툭 내뱉는 뫼르소 같은 인물은 도저히 용납할 수 없는 이방인인 것이다. 민도가 훌쩍 높아진 요즈음 세상에는 간혹 쿨하다는 소릴 들을 수도 있겠지만, 요즘조차도 그렇게 사는 게 그리 만만한 일은 아니다. 사회가 요구하는 관습과 질서에 부합하는 것이 서로가 편한 것이다. 그러고 보면 사람들의 삶의 방식은 대개 주식시장을 닮았다. 그러니까, 예측 가능하고 안정적인 모습을 보일 때 편안해한다는 것이다.

오늘 엄마가 죽었다. 아니 어쩌면 어제.[53)]

처음 이 짧은 첫 두 문장을 읽었을 때, 나는 머리가 하얘지고 정신이 얼얼하고 하악, 하고 소리 없는 탄성을 질렀다. 카뮈가 좋아질 것 같은 예감을 받았다. 그리고 뫼르소에게 반해 버렸다. 이 두 문장은 많은 것을 말한다. 이 무감각해 보이는 두 문장은 소설의 처음과 끝이라고 생각한다. 엄마가 오늘 죽었는지, 어제 죽었는지 헷갈려서는 안 되는 것이다. 이것은 자식으로서 중대하고도 치명적인 결함이다. 그런데 뫼르소는 담담히 말한다. 남의 일인 것처럼 그 툭 던지는 말투. 아무런 감정도 싣지 않은 듯한, 슬프지도 않은 듯한 무심한 표현. 주관적인 꾸밈도, 아무런 설명도 하지 않는다. 그냥 있는 사실을 묘사했을 뿐이다. 그런데 불효자와 같은 이 무감정의 언어가 왠지 처연하고 슬프다. 이게 이 소설의 힘이다. 온갖 형용사와 수식어를 가져와 문장을 꾸미는 것은 언어 낭비다. 주관적 감정을 배제한 채, 과장하지 아니하고 그냥 있는 사실들을 객관적으로 묘사하는 게 더 정확하게 감정을 전달할 수 있는 것이다.

프랑스 소설가 알랭 로브그리예의 『질투』라는 작품이 있다. 그 작품은 객관적 문학 또는 카메라 아이(Camera eye) 기법으로 등장인물의 심리에 대해서 이렇다 저렇다 묘사하지 아니하고, 주변 사물을 정확하고 꼼꼼하게 시선 처리함으로써 인물의 마음 상태를 드러내는데 그 감정 전달이 굉장히 생생하다. 문체나 서술 방식은 다르지만, 로브그리예는 카뮈로부터 영향을 받은 걸까.

질투에 사로잡혀 아내 A…의 외도를 끊임없이 의심하는 이름조차 없는 남편의 관찰은 이런 식이다. 관찰된 모습이 곧 그 남자의 마음속 감정이다. 남편은 지금 불편하다.

> A…는 프랑크 쪽으로 몸을 숙이며 잔을 건넨다.[54)]

그럼 이제 장례식 전날 영안실로 가 보자. 영안실에는 고인을 위해 밤샘하러 온 친구이기도 한 양로원 재원자들로 가득하다. 그중 한 여자가 울기 시작하더니 계속 울었다. 뫼르소는 그 울음소리를 그만 들었으면 했다. 어머니 장례식이라는 특수한 상황에서도 뫼르소는 울음을 그치지 않는 어머니 친구를 이해할 수 없었고 자신의 육체적인 고통을 호소한다. 그런데 사실 그렇다. 근친의 장례식이라고 피곤함을 전혀 느끼지 않는 것은 아니다. 단지 피곤하더라도 피곤하다 느끼지 않으려 하는 게 상주의 미덕 같은 것으로 우리에게 학습된 것이다. 그런 관행을 그는 무시한다. 어찌 솔직하지 아니한가.

장례식 당일에도 뫼르소는 감정에 충실하다. 언덕 위로 불어오는 바람을 맞으며 엄마 장례식만 아니면 산책하기 좋은 날씨라고 생각하는 것이다. 이런 그가 악마인가. 그저 그는 생각대로, 느끼는 대로 말할 뿐이다. 사회적 룰에는 어긋나지만, 우리가 한 번쯤은 생각해 볼 수도 있을 그런 생각을 했을 뿐이다.

뫼르소는 다음 날 수영을 하러 간다. 그리고 한때 같은 사무실에서 일했던 마리라는 여자를 만난다. 수영하면서 마리의 젖가슴을 스쳤고 저녁엔 페르낭델이 나오는 희극 영화를 본다. 그리고 집에서 함께 잠을 잔다. 그리고 다음 날에도 일상적인 하루를 보낸다. 어머니의 죽음 다음, 어쩌면 그다음, 어쩌면 그다음 날, 그는 유희를 즐기고 섹스를 나눈 것이다. 상놈 같은가. 돌을 던지고 싶은가. 그렇지만 책을 읽어 보면 뫼르소가 어머니의 죽음을 슬퍼하는 장면은 곳곳에 숨어 있다. 어머니가 죽어 뫼르소도 슬프다. 죄책감도 느낀다. 괜히 양로원에 보낸 건 아닌지. 그렇다고 그는 자신의 감정을 과장하지 않는다. 슬픈 건 맞는데 슬픔을 위해 눈물을 쥐어짜고 과도한 몸짓을 하지는 않는다. 꼭 그래야만 하는가? 그에게는 아니다. 그의 말마따나, 그저 또 하루가 지나갔고 달라진 건 아무것도 없는 것이다.

달라진 것은 아무것도 없다. 그런 것을 따져 봤자 무의미한 것이다. 삶은 원래 그렇다. 길게 보면 변화도 없고 생동감도 없고 아무런 의미도 없는 것이다. 절망할 필요는 없다. 그냥 그렇다는 말이다. 크게 기대하지 말자. 그러면 살아지니까. 지나친 감정이입 없이 그냥 있는 그대로를 받아들이다 보면 오히려 삶은 소소한 것들로 충만해진다. 다음과 같은 그의 말은 너무 철학적이지 아니한가.

> 조금 뒤에 마리는 나에게 자기를 사랑하느냐고 물었다. 그런 것은 아무 의미도 없는 말이지만, 사랑하는 것 같지는 않다고 나는 대답했다.[55)]

서로 사랑을 확인하는 게 중요하지만, 뫼르소에게는 그런 것조차 의미 없는 일이다. 그에게는 사랑조차도 꾸며지지 않는다. 과장된 사랑의 거품이 터져 버리면 어찌한단 말인가. 버블 붕괴 이후의 폭탄은 절망을 낳는다. 사랑을 사랑해서는 안 된다. 그냥 있는 그대로 받아들여야 한다. 뫼르소는 마리를 사랑하지 않는 게 아니다. 뫼르소는 단지 이름을 붙이지 않을 뿐이다. 부풀리지 않을 뿐이다. 그의 사랑법, 아니 사랑하지 않는 법을, 아니 사랑하면서 사랑하지 않는 법을 우리는 배울 필요가 있다.

불확실성. 모호성. 무의미. 허무. 이래도 좋고 저래도 좋다는 의견 없음. 중요한 것은 실제로 아무것도 없다는 태도. 이러한 뫼르소 삶의 방식은 과연 무엇일까. 삶을 무위로 판단하는 것인가. 죽음에 대한 갈망인가. 그렇게 치부하기엔 이 소설에는 너무나 자주 등장하는 언어가 있다. 그건 다름 아닌 햇빛 혹은 태양이다. 지중해의 도시, 알제를 내리꽂는 수많은 햇빛은 곳곳에 등장한다. 햇빛은 길과 하늘에 반사되고, 땅 위로 청동 모루처럼 무겁게 내리쬐고, 사방 천지에 넘쳐나고, 주눅 든 아스팔트를 갈라지게 하고, 수직으로 모래 위에 쏟아져 내리고, 찍어 누르는 듯 세차게 내리쪼이고, 멀쩡한 눈을 멀게 할 듯하고, 연한 이마를 부풀어 오를 듯하고, 땀방울들이 눈썹 위에 고이게 하고, 끝내는 사람을 죽이게 한다. 이렇게 보면 햇빛은 나약한 인간을 끊임없이 공격하는 전지전능한 절대자처럼 보인다.

도리스 레싱의 『풀잎은 노래한다』에서 메리도 아프리카의 잔인하고 강렬한 태양 아래에서 속절없이 무너지지 않았던가. 무리도 아니다. 지구가 햇빛의 근원, 태양 주위를 돌 듯 인간도 태양 주위를 돌고 있으니, 햇빛은 인간을 장악하게 마련이다. 그러나 뫼르소는 굴복하지 않았다. 그에게 거머리처럼 들러붙는 햇빛이지만, 그는 때에 따라 용감하게 맞서거나 즐기거나 피하기도 했다. 삶이 불확실하고 모호하고 허무하다면, 그럴수록 더욱더 햇빛 같은 자극제가 필요한 것은 아닐까. 지중해를 내리쬐는 강렬한 햇빛은 유한하고 무의미한 인간의 삶을 더욱더 열정적이고 치열하게 살아가도록 하는 동인이 되어 주는 건 아닐까. 자신을 찾아가고 자신의 존재성을 증명하도록 하는 절대적 명령은 아닐까. 어찌 되었든 뫼르소는 '햇빛' 때문에 아랍인을 죽였다. 햇빛 때문에, 햇빛의 뜨거움을 피해 보려다 살인을 했다. 우발적인 다섯 발 총성의 원인이 햇빛이라는 것은, 뫼르소니까 가능하다.

죄를 지었으니 이제 심판받아야 할 때다. 법원에서는 체포된 뫼르소가 왜 살인을 저지르게 되었는지에 대해 초점을 맞추고 공판이 벌어진다. 방향은 뜻밖에도 사건 자체보다는, 이제껏 뫼르소가 살아온 방식에 대한 물음으로 틀어졌다. 그것은 주로 어머니와의 관계, 장례식 때 보였던 태도와 같이 그가 살아온 삶에 도덕성이라는 잣대를 들이대는 것이다. 조사원들은 장례식 날 뫼르소가 무심한 태도를 보였다는 사실을 알아냈다. 사회가 요구하는 윤리적 기준에 뫼르소는 소통 불가능한 언어로 대답한다. 음악 때문에 과속을 했다는 내 워딩은 아무것도 아니다.

그냥 마음이 너무 아파서 따라 죽어 버렸으면 좋겠다. 당신은 엄마를 잃어 본 상실감을 이해할 수 있는가. 당신이 뭔데 말도 안 되는 질문으로 나를 욕보이는가. 살맛이 나지 않는다. 이제 무슨 낙으로 살 것인가. 불쌍한 어머니, 어머니, 어머니……. 뫼르소는 이런 식으로 대답했어야 했다. 사회는 이런 답변을 원한다. 그러나 뫼르소는 카뮈 식으로 표현하면 '적게 말하는' 것을 택한다. 자기도 타인과 다를 바가 없는 똑같은 사람이고 똑같은 감정을 느낀다고 말하고 싶다가도 그게 다 소용없는 일이고 귀찮아지는 것이다. 많이 말하다 보면 거짓말하게 되고 자신을 속이게 된다. 뫼르소는 그게 싫다.

카뮈는 서문에서 다음과 같이 말했다. "뫼르소는 거짓말하는 것을 거부한다. 거짓말을 한다는 것은 단순히 있지도 않은 것을 말하는 것만이 아니다. 그것은 특히 실제로 있는 것 이상을 말하는 것, 인간의 마음에 대한 것일 때는, 자신이 느끼는 것 이상을 말하는 것을 뜻한다. 이건 삶을 좀 간단하게 하기 위해 우리들 누구나 매일같이 하는 일이다."[56] 우리들 누구나 매일 한다고 하니 미안함이 덜어진다.

결국 뫼르소는 사형을 선고받는다. 법원은 뫼르소의 진짜 속 감정에 대해서는 관심을 기울이지 아니하고, 그의 과거 행적과 뉘우침이 없어 보이는 현재의 반사회적인 태도를 이유로 자신들의 방식대로 해석하고 뫼르소를 배제한 재판을 마무리 짓는다. 죽음에 대한 뫼르소의 초연한 태도를 살펴보자. 과연 그답다.

> 다른 사람들보다 먼저 죽는 것은 분명했다. 그러나 인생이 살 만한 가치가 없다는 것은 누구나 알고 있다. 결국, 서른 살에 죽든지 예순 살에 죽든지 별로 다름이 없다는 것을 나도 모르는 바 아니었다.[57]

흔히 그렇듯이, 뫼르소는 작가의 아바타이다. 알베르 카뮈는 『이방인』(1942), 『시지프 신화』(1942), 『페스트』(1947)의 순서로 부조리 3부작을 출판했다. 그리고 이어 1951년에는 『반항인』을 발표했다. 『이방인』이 부조리를 다룬 소설이라면, 『시지프 신화』는 부조리를 다룬 철학 에세이고, 『페스트』가 집단적 연대를 통한 반항을 다룬 소설이라면 『반항인』은 반항을 다룬 철학 에세이다. 부조리한 이 세상에 맞서 싸워야 하는 게 인간 실존이라고 본다면 부조리와 반항이라는 양축은 결국 인과관계에 놓인다. 그렇다면 『이방인』의 철학적 버전이라 할 수 있는 에세이 『시지프 신화』 첫 부분은 뫼르소의 견해와 얼마나 닮았는지 살펴보자.

> 참으로 진지한 철학적 문제는 오직 하나뿐이다. 그것은 바로 자살이다. 인생이 살 가치가 있느냐 없느냐를 판단하는 것이야말로 철학의 근본 문제에 답하는 것이다.[58]

얼마나 정곡을 찌르는 말인가. 이처럼 뫼르소는 인생이 살 만한 가치가 있는지 없는지에 대한 판단을 하고 철학의 근본 문제에 답하기로 한다. 그를 구원하려고 찾아 준 부속 사제에게, 영화 〈캐스트 어웨이(Cast away)〉에서 무인도의 적막함을 견뎌 보기 위해 파도에 떠밀려 온 배구공을 주워 '윌슨'이라는 이름을 붙여 주고 온갖 말을 거는 척(톰 행크스 분)처럼, 그는 처음으로 많은 말을 쏟아 낸다. 아무런 구원의 희망 없이 죽고 그저 완전히 없어져 버리기로 작정했다고 말한다. 자신은 죄를 모르는데 남들이 자신에게 가르쳐 준 죄 때문에 죄의 대가를 치르고 있으니 더 이상 아무것도 요구하지 말라고 한다. 껴안는 것도 거부한다. 기도하지 말라고 욕설을 퍼붓는다. 고함지른다. 마음속 이야기를 송두리째 쏟아 낸다. 자신에게는 삶과 죽음에 대한 확신이 있다고 한다. 그리고 언제나 자신의 생각은 옳다고 한다.

어떤가. 실존의 냄새가 그득하지 않은가. 그는 마음껏 살았고 죽음을 정면으로 응시한다. 어차피 이 세상은 혼자 짊어지고 혼자 살아가는 것이다. 외롭다고 징징댈 것이 아니라 굴러떨어진 돌덩어리를 다시 밀며 산꼭대기로 올라가는 시지프처럼 우뚝 서야 하는 것이다.

이 세상은 인간에게 무관심하다. 우리도 본능적으로 세상에 크게 관심이 없다. 이처럼 서로에게 공통된 '우호적 무관심'을 즐길 수 있다면 우리 삶은 더 수월해질 것이다. 뫼르소처럼.

무관심을 즐길 수 있다는 것은, 그래서, 더 이상의 외로움은 없다는 것이다.

자기에 대한 믿음과 용기가 약해질 때

플라톤의 『소크라테스의 변론』

작품 제목에 대한 역자의 번역 재량권에 대해서는 대체로 동의하는 바이지만, 이 책을 기존 소크라테스의 '변명'이 아니라'변론'이라고 번역한 것은 참으로 가치 있는 일이라고 말해 두고 싶다. 변명의 사전적인 의미는 '어떤 잘못이나 실수에 대하여 이러쿵저러쿵 구실을 대며 까닭을 말함'이라고 되어 있으니, 이전의 책 제목은 소크라테스라는 위대한 인물을 제대로 반영했다고 볼 수 없겠다. 소크라테스가 잘못이나 실수를 저질러 구시렁구시렁 변명을 늘어놓는 것은 아니질 않는가. 즉 그를 원초적인 방어기제 유전자로 똘똘 뭉쳐져 잘못을 저지르고도 일단 '그게 아니고'를 반복하며 방방 뛰는 작자들과 똑같다고 치부해 버린 건 아닌지. 그런 면에서 제목에 대한 새로운 이름 붙이기는 시작부터 소크라테스를 제대로 변론한 거다.

소크라테스는 기원전 469년에 태어나 399년에 사망했다. 그가 살았던 시기는 어땠을까? 한 번쯤 들어 봄직한 또는 처음 들어 봤을지도 모를 다음과 같은 인물들이 동시대를 일부 혹은 전부를 공존했다. 비극작가 소포클레스, 에우리피데스, 아가톤, 희극작가 아리스토파네스, 정치가 페리클레스, 철학자 플라톤 등. 그들은 아고라 광장에서 우연히 만나 눈인사를 주고받거나 회랑 기둥에 기대어 이런저런 대화를 나누었을 것이다. - 소크라테스가 페리클레스를 만나 담소를 나누는 장면은 상상만 해도 근사하다 - 당시 아테나이는 도시국가였기 때문에 규모가 작아 서로가 서로를 너무나 잘 알았다. 플라톤은 특히 소크라테스의 제자였고, 그가 없었다면 지금 우리는 소크라테스라는 위대한 인물을 만나 보지 못했을지도 모른다. 스승 소크라테스의 사상과 철학 정신은 플라톤의 저작물을 통해 전해지기 때문이다. 그것에 더해 영국 철학자 화이트헤드는 "플라톤 이후의 서양 철학은 플라톤의 각주에 불과하다"라고 하였다. 그만큼 플라톤의, 플라톤에 의한 철학적 뿌리는 깊고 대단하며 그 자체가 철학사다. 플라톤에 대한 화이트헤드의 변론이다.

다행스럽게도 이 책은 여타 플라톤의 대화편에 비해 장황한 담론이 적어서 비교적 수월하게 읽힌다. 『크리톤』이나 『파이돈』, 『파이드로스』나 『메논』 등과 같은 작품을 읽으면서 소크라테스의 말씀을 받들다 보면 가끔 정신을 못 차리고 책의 인물들처럼 네, 네, 하고 대답하기에 급급하다. 소크라테스의 담론은 철학적이고 논리적이어서 고개를 끄덕끄덕하면서 듣다 보면 쏘옥 몰입될 수밖에 없으면서도, 때로는 난해하고 조금은 거친 논리 전개로 인해 독자 스스로 어디에 있는지 모를 때가 있으니 말이다.

우리나라에도 그런 분이 계셨다. 비록 문체는 다르지만, 다산 정약용 선생이 유배지에서 아들이나 제자들에게 보낸 편지를 읽어 보면 따르고 받들 수밖에 없는 준열한 논리가 들어 있다. 그분의 말씀은 너무나 이치가 분명하고 사리에 맞기에 무릎을 꿇고 고개를 주억거리며 받들어 되새겨야 하는 것이다. 노파심이 많아 치열한 실천적 삶의 태도에 대해 꼬박꼬박 편지에 적어 보낸 그 고매한 정성을 까다로운 늙은이의 잔소리로 치부하기엔 울림이 크듯이, 소크라테스의 말씀도 그저 우리의 영혼을 탈탈 털어버리는 입담에 불과하다고 하기엔 그 가르침이 지엄하고 훌륭하다. 이것은 소크라테스 선생의 발뒤꿈치도 따라갈 수 없는 나의 궁색한 변명이다.

『소크라테스의 변론』은 소크라테스가 기원전 399년에 아테나이 법정에서 자신에게 제기된 고발 사건을 배심원들 앞에서 스스로 변호한 모습을 묘사한 책이다. 고발은 크게 두 가지로 나뉜다. 초기의 고발은 '소크라테스가 하늘에 있는 것들을 사색하고 지하에 있는 것들을 탐구하며 사론을 정론으로 만든다'는 내용이다.[59] 그러면서 그를 고발한 멜레토스는 아리스토파네스의 희극『구름』을 증거로 든다. 그 작품에서 소크라테스는 옳은 것과 옳지 못한 것을 마음대로 뒤집을 수 있는 수사법을 가르치는 소피스트의 원흉으로 등장한다. 말발로 진실을 우롱하고 바꿔치기할 수 있는 것은 얼마나 무서운 능력인가. 그런 소피스트의 능력을 갖춘 수장으로서 소크라테스를 폄하한 걸 보면 아리스토파네스는 소크라테스와 사이가 좋지 않았다는 게 분명하다. 실제로 소크라테스는 절대적 진리를 주장했으니 상대적 진리관의 소피스트와 어떻게 비교될 수 있단 말인가. 어찌되었든 문학작품의 내용을 차용하는 것이 어떻게 증거가 될 수 있겠냐마는 당시에는 그게 가능했던 분위기였다.

이에 대해 소크라테스는 대답한다. 자신은 그저 자기가 모른다는 사실을 안다고 했을 뿐인데, 이에 대해 델포이의 신탁에서 자신이 가장 지혜로운 사람이라고 했다는 것이다. 이 사실이 믿어지지 않아 자신은 지혜롭고 명망 있다고 소문난 정치가들, 시인들, 장인들을 찾아가 가르침을 구하려고 했다. 그러나 그들은 지혜로워 보일 뿐 사실은 그렇지 못하다는 것을 깨닫고 그것을 그들에게 증명하려다가 미움을 사게 되어 고발당했다는 것이다. 자존심에 상처를 입은 아테나이인들은 소크라테스가 얼마나 미웠겠는가. 지혜로 이길 수 없으니 사론이나 정론과 같은 애매한 말로 공격했던 것이다. 한편 소크라테스 입장에서는 열심히 산다고 자부했는데 법정에 서서, 아는 게 없으면서도 아는 척하는 사람들로부터 공공의 적이 되어 버린 자신을 변호해야 하니 얼마나 억울했겠는가!

후기의 고발 내용은 이렇다. '소크라테스는 젊은이들을 타락시키고 국가가 인정하는 신들을 인정하는 대신 다른 새로운 신들을 믿음으로써 불법을 저지르고 있다'는 것이다.[60] 그에 대해 소크라테스는 조목조목 변론한다. 자기 자신이 젊은이들을 망치는 단 한 사람이고 나머지 아테나이 사람들은 젊은이들을 모두 이롭게 한다면 그 젊은이들은 복 받았다고 하는데 거의 옳은 말이다. 더군다나 정작 고소인 멜레토스는 젊은이들에게 관심이 없으니, 그의 주장에는 어폐가 있는 것이다. 그리고 자신이 고의로 젊은이들을 타락시킨다면 해코지를 당할 위험이 있어서 고의로 그럴 리는 없고 본의 아니게 타락시킬 수는 있지만 설사 그렇더라도 이렇게 법정에 세우는 짓은 하지 말아야 한다고 주장한다. 실수라면 법정이 아니라 불러서 가르쳐 주면 될 테니까. 한마디로 고의든 고의가 아니든 잘못되었다는 말이다.

다음으로 소크라테스는 무신론자로서 국가가 인정하는 신들 대신 다른 새로운 신들을 믿도록 하며 젊은이들을 타락시켰다는 것에 대해서도 항변한다. 그는 자신이 어떤 신들을 믿도록 젊은이들을 가르쳤다는 것은 그 사실 자체가 자신이 신들의 존재를 믿는 것이니 무신론자가 아니라는 명백한 사실임을 밝힌다. 자신은 해와 달 같은 누구나 인정하는 신을 믿는

데, 그를 사형시키려는 멜레토스는 그가 무신론자라며 별 해괴한 궤변을 늘어놓는다고도 했다. 그에 대해 소크라테스는 트로이의 영웅 아킬레우스를 예로 든다. 비록 죽을지언정 명예를 지키는 게 중요하다고. 그럼, 아킬레우스는 어떤 인물인가.

개에 맹세코, 아니 제우스에 맹세코 필자는 호메로스의 『일리아스』를 딱 두 번 읽었다. 그 책에 나오는 아킬레우스는 영화 〈트로이〉의 브래드 피트(아킬레우스 역) 그 이상으로 멋있다. 상상이 품위를 만드는 경우다. 아킬레우스는 바다의 여신 테티스와 신과 결혼한 최초의 인간 펠레우스 사이에서 태어났다. 트로이아(그리스어로 이렇다) 전쟁 당시 그의 막역지우 파트로클로스가 트로이아의 장수 헥토르의 손에 죽자, 이에 대한 보복으로 싸움터로 뛰어들었다. 이 점이 중요하다. 어머니 테티스 여신은 미리 경고했다. 헥토르를 죽이고 나면 아킬레우스도 죽을 거라고. 그럼에도 그는 명예를 선택했다. 소크라테스는 자신의 변론에 대한 명예의 높이를 아킬레우스만큼 끌어올린 것이다.

소크라테스는 죽음을 두려워하지 않는다. 단지 자신을 사형에 처하면 자신보다도 아테나이에게 해가 될 것이라고 한다. 더 나은 사람이 더 못한 자에게 해를 입는 것은 법도에 어긋난 것이라고 한다. 보통 사람들 같으면 이 정도면 저주이자 악담이다. 그러나 그 정도의 프라이드를 가진 사람이라면 비록 그 사람이 눈엣가시일지라도 살려 주어야 마땅하지 않을까. 자긍심이 높은 사람은 모두 다 그런 것은 아닐지라도, 혜안 혹은 심모원려를 가지고 있을 확률이 높다. 역사는 그런 사람들을 참하고 나서 후회하는 일이 다반사다. 읍참마속이라면 또 모를까. 소크라테스는 배심원들을 향해 자신을 쇠파리의 일종인 '등에'에 비유하며 현명한 판단력에 호소한다. 등에의 흡혈성이 말을 민첩하고 날렵하게 하는 데 도움을 주듯이, 자신의 잔소리가 아테나이 사람들을 올바른 길로 이끌 수 있도록 신이 보내주었다고.

> "만약 여러분이 나를 죽이면 나를 대신할 사람을 찾기가 쉽지 않을 겁입니다. 표현이 좀 우스꽝스러울지 모르지만, 알기 쉽게 말해 나는 덩치가 크고 혈통이 좋긴 하지만 그 덩치 때문에 굼뜬 편이어서 등에의 자극이 필요한 말에게 배정되듯, 신에 의해 이 도시에 배징된 깃입니다. 그런 등에 구실을 하라고 신께서 나를 이 도시에 배정하신 것 같단 말입니다. 어디서나 온종일 여러분에게 내려앉아 여러분을 일일이 일깨우고 설득하고 꾸짖으라고 말입니다. 여러분, 그런 사람을 여러분은 쉽게 구하지 못할 것입니다."[61]

그리고 자신이 가르침을 원하는 불특정 다수들에게 얼마나 공평하고 공정하게 행동하였는지도 말한다. 나이, 재산, 신분과 관계없이 모든 사람들과 대화할 준비가 되어 있는 열린 사람이라는 것이다. 남녀노소 모두라는 말이 없이 '노소를 막론하고'라는 말만 있는 것을 보면 확실히 당시의 여권은 굉장히 낮았다.

그럼에도 소크라테스는 죄를 인정받는다. 배심원단 500명 중 유죄 280표, 무죄 220표가 나와 유죄로 결정이 난 것이다.[62] 그는 안다. 자신이 애걸복걸하고 남들이 하듯이 어린 자식이 있다고 울고불고하며 선처를 호소하면 무죄로 풀려날 수도 있었음을. 그러나 그는 대쪽 같은 자신의 논리를 그대로 밀고 나간 것이다. 죽음보다는 비열함을 피하기 위해, 부끄럽게 살지 않기 위해 그는 불의와의 타협보다는 자신의 명예를 밀고 나갔다. 아킬레우스가 그랬듯이 죽음조차 두려워하지 않았던 것이다. 그러면서도 재치 있는 위트를 잊지 않는다. 자신이 진실로 받아야 할 혜택은 죽음이 아니라 시청사에서 무료로 제공하는 식사 대접이라고. 그것이 바로 아테나이를 위해 입이 아프도록 바른 소리를 아끼지 않았던 소크라테스라는 훌륭한 무료 컨설턴트에 대한 적절한 예의가 아니었을까.

주지하다시피 소크라테스는 후에 독약을 마시고 의연하게 죽었다. 탈출을 권유받았던 그리고 그게 가능했던 시대에, 그는 거절했다. 플라톤의 다른 대화편 『파이돈』을 보면 그는 몸을 부르르 떨기 직전에 다음과 같은 유언을 남겼다고 한다. "크리톤, 우리는 아스클레피오스에게 수탉 한 마리를 빚지고 있네. 잊지 말고 그분께 빚진 것을 꼭 갚도록 하게."[63] 아스클레피오스는 고대 그리스의 의신이다. 소크라테스는 무슨 말을 하려 했을까. 죽기 직전에 갚아야 할 수탉이라니. 아테나이에선 그런 하찮은 부탁 혹은 가르침만 가능하다 생각했을까. 상상은 독자에게 맡긴다. 『소크라테스의 변론』은 이렇게 끝난다. 이렇게 말하며 죽어 가는 위인은 많지만 이렇게 말하며 죽어 가기가 쉽지는 않다.

> "나는 죽으러 가고 여러분은 살러 갈 것입니다. 그러나 우리 중에서 어느 쪽이 더 나은 운명을 향해 가는지는, 신 말고는 아무도 모릅니다."[64]

책을 읽으면서 밑줄을 많이 그었다. 너무 많은 밑줄 긋기라면 차라리 전체를 긋지 않은 것과 다를 바가 없다고 자주 강변하곤 했으면서도, 새까만 연필심으로 책이 지저분해지는 것을 개의치 아니하고 아름다운 표현에 들떠 참 성실하게도 그었다. 이런다고 소크라테스를 따라갈 순 없겠지만, 호박에 줄 긋는다고 수박 되는 건 아니겠지만, 수박인 척은 할 수 있을 터니, 때론 수박의 위상을 동경하며 수박이 되고 싶은 호박의 태도로 사는 것도 괜찮은 듯하다.

그리고 이러한 밑줄 편력이 당시의 감동과 가르침을 넘어서는 문장이 되어 들숨일 때 내 속으로 들어와 가슴 한켠에 입력되었다가, 날숨일 때는 코와 입을 통해 아름답고 미묘한 언어 입자들로 흘러나올지 모른다. 소크라테스와의 만남은 참 근사했다. 나는 그를 동네 카페에서 만났는데, 그의 입은 놀라운 현대성을 지닌 담론들로 그득 차서, 나는 이천 년 훨씬 이전의 숲을 걸으면서도 21세기의 숲을 걸으며 예전의 광고 카피처럼, 잠시 휴대폰을 꺼 두어도 좋을 듯한, 그렇게 소크라테스에게 쏙 빠져들어 버린 것이다. 그래서 스티브 잡스도 그리 말했던가. 소크라테스와 한 끼 점심을 먹을 수만 있다면 자신이 가진 모든 회사 기술을 그와 바꾸겠다고.

마지막으로 2005년 스탠퍼드 대학교에서 스티브 잡스가 연설했던 내용 중 필자가 가장 좋아하는 일부 문장을 실어 본다. 이제 스티브 잡스도 저 세상에서 소크라테스를 만나 한 끼가 아닌 영원한 점심식사들을 마주하고 있을지 모르겠다. 그도 그를 닮았다.

> "여러분의 시간은 제한되어 있습니다. 그러하니 다른 어느 누군가의 삶을 사느라 당신의 시간을 낭비하지 마십시오. 다른 사람들 생각의 결과에 따라 살아야 한다는 통념에 갇히지 마십시오. 시끄러운 타인의 의견들이 여러분 내면의 목소리를 잠식하지 못하게 하십시오. 그

리고 가장 중요한 것은, 자신의 마음과 직관을 따를 수 있을 용기를 지니는 것입니다. 당신의 마음과 직관은 이미 어떻게든 여러분이 진정 무엇이 되고 싶은지를 알고 있습니다. 그 밖의 다른 모든 것들은 부차적인 것들입니다."

* Your time is limited, so don't waste it living someone else's life. Don't be trapped by dogma – which is living with the results of other people's thinking. Don't let the noise of others' opinions drown out your own inner voice. And most important, have the courage to follow your heart and intuition. They somehow already know what you truly want to become. Everything else is secondary.[65]

아무 이유 없이 불안해질 때

프란츠 카프카의 『변신』

카프카, 이 남자 매력적이다.

더군다나 요절했다, 불운하게도. 마흔한 번째 생일을 한 달 앞두고 폐결핵으로 존재의 불안과 영원히 작별했다. 짙은 죽음의 어둠이 눈 위에 일찍 쏟아진 사람들은 - 오, 호메로스의 작품에 나오는 문장 같은 느낌 - 대개, 그 생이 아프고 아름답게 기억된다. 짧았지만 강렬한 삶을 살았기 때문이 아닐까. 실존주의의 선구자. 일생 동안 따라다니는 미묘한 불안들이 20세기의 걸작들을 탄생시켰는지 모르겠다.

카뮈 식으로 말하면, 그는 늘 이방인이었다. 그는 유태인 가문의 피가 흘렀으면서 체코 프라하에서 태어나 독일어를 사용했다. 그는 조금의 유태인이기도 하고 조금의 체코인이기도 하고 조금의 독일인이기도 하였다. 그는 조금씩은 뭐였다고 할 수 있었지만 한 마디로 뭐라 할 수는 없었다. 딱 한 곳, 적확한 곳에 소속되지 못하고 여기저기 조금의 공통분모만 있었던 카프카는 주류의 삶을 살지 못하고 이방인으로 떠돌았다. 하물며 글쓰기도 그랬다. 낮에는 보험회사에 다녔고 밤에 시간을 내어 문학을 했다. 보험과 문학이라니, 낯선 조합이다. 여자관계도 그랬다. 약혼을 세 번

했지만, 파혼을 세 번 했고 결혼은 한 번도 하지 못했고 죽기 얼마 전에 도라 디아만트와 짧은 동거를 했다. 그는 외로울 수밖에 없었다. 카프카적인(Kafkaesque, 부조리하고 비상식적이고 암울한) 문학은 그래서 탄생했을까. 그가 쓴 다른 책들을 읽어 보면 그에게선 인간의 실존 불안이 가득하다. 아, 어떻게 살 것인가.

나에게 프라하는 카프카의 도시였다. 프라하를 동유럽의 파리, 먼지가 내려앉은 파리 혹은 파리처럼 야경이 끝내주는 도시로 인정하고 프라하행 비행기에 몸을 싣는 사람들을 곧잘 본다. 다 맞는 말이다. 단지 프라하는 동유럽이라기보다는 중유럽에 있는 도시라고 하는 게 맞다. 현지 시민들도 그렇게 말해 주면 더 좋아한다. 각설하고, 내가 처음 프라하에 가기로 결심한 것은 카프카가 구 할이었다. 운은 예상보다 일찍 찾아오기도 한다. 카프카의 책에 빠져든 지 2년 만에 프라하 거리를 걸을 수 있었다. 그렇다고 거리에서 그를 온전히 마주할 수 있는 건 아니다. 거리들은 카프카와는 별 관련 없는 볼거리로 넘친다. 상상을 한다. 프라하성으로부터 내려와 카를교를 건너고 블타바강을 내려다보며 그가 여기를 지났을 거라고, 살았었다고. 그러다 보면 흔적 없는 그의 자취들이 지나가는 사람들로부터 겹쳐 보인다. 일순 반가워진다. 더 가까이에서 그를 만날 수 있는 곳 한 군데만 소개하겠다. 황금소로. 지금은 대통령 관저로 사용하고 있는 프라하성 입구를 지나면 좁은 골목길이 나온다. 그곳은 16세기 후반에 연금술사들이 모여 살았다고 황금소로라고 불렸다. 황금과 소로라는 말의 조합이 생경하다. 키 낮은 집들이 달동네 방들처럼 붙어 있는데 그중 22번지 집이 카프카가 집필활동을 했던 곳이다. 나는 엽서 몇 장과 『변신』 영문판을 한 권 샀다.

『변신』은 이렇게 시작된다.

> 그레고르 잠자는 어느 날 아침 불안한 꿈에서 깨어났을 때, 자신이 잠자리 속에서 한 마리 흉측한 해충으로 변해 있음을 발견했다.[66]

이럴 수가. 설마. 이건 현실이 아니다. 더군다나 꿈에서 깨어났다. 어찌된 셈일까, 하고 그는 생각한다. 꿈은 아니라고 생각한다. 한숨 더 자서 이 어처구니없는 일에서 벗어나려고도 했지만, 그럴 수도 없었다. 어쩔 수 없이 그는 현실을 인정해야만 했다. 아니, 그는 현실을 받아들이기로 생각할 겨를도 없이 자신이 해야 할 일을 하려고 한다. 그는 출근해야 했다. 의류회사 외판사원인 그는 매일 아침 5시 기차를 타야만 한다. 날마다 기차를 타고 출장을 가서 5, 6년 열심히 벌어야만 부모가 진 빚을 갚을 수 있는 것이다. 그는 자신이 늦잠을 잤음을 알았다. 그는 회사에 대해 온갖 고민을 다 하기 시작한다. 흉측한 벌레가 되었음에도 불구하고, 그 받아들일 수 없는 사실보다는 오로지 자신이 해고되지 않을까 걱정한다. 개인의 문제는 아무것도 아니다. 벌레로 변한 정도야. 조직 속에서의 개인의 역할이 문제인 것이다. 병가를 낼까.

그레고르는 가족에게 모습을 보인다. 싯싯 소리를 내며 점액질을 분비한다. 처음 그를 본 가족들은 경악한다. 어머니는 비명을 지르며 얼굴을 감싼다. 화가 난 아버지는 세찬 발길질로 그를 다시 방으로 날려 보낸다. 하녀는 사표를 쓴다. 집은 조용해진다. 이제 여동생 그레타가 음식을 가져다준다. 남김없이 먹어 치우면 오늘은 맛이 있었구나, 하고 음식을 많이 남기면 거의 슬픔을 띠고 또 그대로 다 남았네, 한다. 아직은 그에 대한 가족의 연민이 남아 있다. 지난 시절 동안 그는 가족을 위해 열심히 일했고 가족은 그 돈을 저축할 수 있었다. 지금은 그의 돈벌이와 가족을 먹여 살리는 일이 습관이 되어 더 이상의 따뜻한 특별함은 없었지만, 그래도 가족들은 그의 노고에 고마워했다. 그가 번 돈은 이제 연민으로 환전된 것이다.

그레고르는 조금씩 적응하기 시작한다. 그의 아지트는 소파 밑이었고 그곳에서 그는 아늑함을 느끼기도 하였다. 시간이 지나면서 기분 풀이로 벽과 천장을 기어다니기 시작했다. 특히 천장에 거꾸로 매달릴 때는 바닥에 누워 있을 때와는 사뭇 다른 느낌이 들었다. 그는 자유로움을 느꼈다. 그는 가벼운 떨림과 행복감에 젖는다. 이상하지 아니한가. 벌레가 된 그는 인간의 모습일 때는 한 번도 느끼지 못했던 실존적 존재가 된 것이다. 그는 갑갑한 세상으로부터 탈출구를 찾았다. 인간일 때는 누군가가 시키는 대로만 했는데, 벌레가 된 지금 그는 제 뜻대로 움직이고 사고한다. 이 정도면 실존적 해충이 아닐까. 이 세상에 무심코 던져진 인간으로서의 외로움과 불안이 오히려 벌레가 되어 자유의지로 승화된 것이다. 그의 자유로운 움직임을 도와주기 위해 여동생과 어머니가 방의 가구를 모두 치워버리려고 할 때 그는 딱 하나만 지키려고 한다. 온통 털옷에 감싸인 여자의 사진이 들어 있는 액자. 그는 액자 유리에 몸을 밀착하고 그 그림만은 사수하려고 했다. 벌레가 되어 드디어 예술을 알게 된 것이다. 그러니 '에잇, 버러지보다 못한 놈'이라는 말은 사실 맞는 말이다.

그럼에도 그는 결국 버러지 같은 존재를 벗어나지는 못한다. 그레고리로 인해 어머니가 기절했다는 사실을 전해 들은 아버지는 분을 참지 못하고 그레고리에게 연이어 사과를 던진다. 그 사과 중 하나가 그의 등에 모질게 박혀 버렸다. 이것이 바로 저 유명한 변신의 사과다. 사과에 관한 이야기는 무수하다. 이브의 사과, 아프로디테의 사과, 빌헬름 텔의 사과, 뉴턴의 사과, 스티브 잡스의 사과, 백설공주의 사과, 세잔의 사과 그리고 이제 변신의 사과. 매일 아침 나는 사과를 하나 먹는데 사과는 유혹, 애증과 질투, 용기, 기발한 상상, 인문학적 혁신, 시샘과 죽음 등 모든 것을 암시하니 나는 매일 인간의 수많은 감정과 이성을 먹는 셈이다. 이게 다 판도라 때문이다.

이제 그는 끝났다. 그는 상처를 입었고 가족으로부터의 관심은 점점 더 멀어지기 시작했다. 가족들은 각각 돈벌이를 시작했고 그는 돈벌이로부터 이탈되었다. 그에 대한 연민은 미움으로 변질되었다. 그가 음식을 잘 먹었는지 못 먹었든지 상관없이 여동생은 빗자루로 남은 음식을 무관심하게 훅, 쓸어갔다.

생계를 위해 하숙인 세 명을 들였고, 어느 날 밤 여동생은 그들 앞에서 바이올린 연주를 요청받는다. 누이의 연주에 매료된 그는 방을 벗어나 거실로 나간다. 이제 그는 다른 사람들 앞에 자신을 드러내는 데 당당해진다. 부끄러움도 없어졌다. 아까 이야기하지 않았던가. 실존적 해충이라고. 그리고 말하고 싶어 한다. 자신은 원래 누이를 음악학교에 보낼 계획이 있었다고. 그를 발견한 하숙인들은 화를 내며 집을 나가겠다고 한다. 여동생은 폭발한다. 그를 내보내야 한다고. 그는 더 이상 오빠가 아니다. 그는 벌레일 뿐이다. 그가 오빠라면 생각이라는 걸 할 수 있는 인간일 테니, 스스로 명예롭게 가출했을 거라고.

그는 이제 용도 폐기될 것이다. 그는 알고 있었다. 그는 죽어 간다. 아니, 그는 죽어야 한다는 사실을 알았다. 자신이 사라지는 것이 이 아름다운 가정에 행복과 평화를 가져다줄 거라 믿었다. 실존적 자살이다.

새로 온 가정부의 외침은 그의 죽음을 확인시킨다. 그 여자의 말이 내 귀를 아프게 때린다. 내 가슴을 아프게 짓이긴다. 우리도 인간답지 못할 때, 아니 인간이더라도 그렇게 취급받지 못할 때 이렇게 죽어 가지 않을까.

> "이보세요, 이게 뒈졌어요, 저기 누워 있는데요, 아주 영 뒈졌다니까요!"[67]

그리고 가족들은 전차를 타고 교외로 소풍을 떠난다. 이제 그들은 큰일이 끝났고 희망이 솟았으며 햇빛 속으로 들어왔음을 알았다.

그리고 독자들은 슬픈 그늘 속으로 들어간다.

끝으로 프란츠 카프카가 지인 오스카 폴락에게 보낸 1904년 1월 27일자 편지 중 일부를 소개한다. 어떤 책을 읽어야 하는지에 대한 카프카의 명료한 일갈이 잘 나타나 있다. 그의 편지글을 읽으면 내가 읽는 인문고전도 '도끼'가 될 수 있음을 확신한다.

> 나는 우리를 깨물고 찌르는, 다만 그런 책들을 읽어야 한다고 생각해. 우리가 읽는 책이 머리를 주먹으로 내리쳐 깨우지 않는다면, 도대체 무엇 때문에 그 책을 읽어야 할까? (…) 한 권의 책은 우리 안의 얼어붙은 바다를 깨는 도끼여야 해. 나는 그렇다고 생각해.[68]

그런 의미에서 『변신』은 우리를 공격하고 때리고 아프게 하고 우리의 마음속에 있는 평화를 부숴 버리는 날 선 도끼가 맞다.

서로 다른 자아로 인해 혼란스러울 때

로버트 루이스 스티븐슨의 『지킬박사와 하이드』

인간의 이중성에 대해 말할 때마다 주로 언급되는 작품은 로버트 L. 스티븐슨의 『지킬박사와 하이드』라는 작품이다. 워낙 유명한 이야기이다 보니 책을 읽지 않아도 책을 읽은 것 같은 착각을 주는, 역시 고전이다. 돌아다니는 이야기나 전해 들은 형태로 우리는 그 작품의 주제를 알거나 아는 척할 수 있는데, 공교롭게도 이 역시 이중성이라는 메커니즘이 작동한다. 이쯤 되면 이중성은 많은 사람들이 갖고 있는 인간 고유의 속성일지도 모른다.

이중성의 의미를 정의하면 이러하다.

'하나의 사물이 가지고 있는 서로 이질적인 두 가지의 성질.'

그리 나빠 보이지 않는다. 뭐 우리 주변에는 그런 게 꽤 많다. 그런데 사람에게 비유하면 비난의 의미로 읽히는 게 대부분이다. "너 참 이중적이다!" 이런 말 듣고 좋아하는 사람은 없겠다.

이번에는 양면성을 알아보자.

'하나의 사물에 동시에 존재하는 서로 맞서는 두 가지의 성질'

이중성과 의미에 있어 거의 유사해 보인다. 그럼에도 양면성이라는 말

자체에 좀 편안한 느낌이 든다. "그 사람 양면성을 가지고 있어"라는 말. 좀 매력적으로도 들린다.

양면성이 세 개 이상 되면 다양성이라 불릴 수 있다. 어찌 좀 복잡해 보인다. 다중인격자라는 말은 거의 욕에 가깝다.

다양성: '여러 가지 양상을 동시에 지니고 있는 성질'

그렇다면 다양성과 대척점에 있는 단일성은 어떨까.

단일성: '다른 이질적인 것이 섞이지 아니하고 단 하나의 것으로만 이루어져 있는 성질'

주체적, 독립적인 느낌이 강하다. 그런데 좀 답답해 보이기도 한다.

그러나 사실 이제껏 열거한 속성에 대한 뜻풀이나 예문들은 편협성을 피할 수 없다. 가령, 그 사람 참 다채롭다고 말하면 다양성도 긍정적이 될 테고, 그 사람 어제가 오늘 같고 오늘이 내일 같은 사람이야, 라고 말하면 일관되면서도 변치 않는 삶을 살아가는 모습으로 보이기도 한다. 결국 이중성, 양면성, 다양성, 단일성 등은 무엇이 더 낫다고 할 수 없는 인간들이 가지고 있는 여러 가지 속성들이다. 상황에 따라, 업적에 따라 다른 해석이 가능할 테니.

그래서 『지킬박사와 하이드』라는 작품을 이중성보다는 양면성이라는 말로 이해할 때 그를(혹은 그들을) 더 관대하게 바라볼 수 있다.

지킬박사는 저명한 의학자이다. 그는 청년기부터 따라오는 본능적인 악마의 쾌락을 억제하지 못하고 살아가는 자신의 모습에 번민을 느낀다. 그러면서도 그가 선택한 길은 특수약을 제조, 복용함으로써 향락과 악으로 자신을 무장해 마음속 본성대로 살아 보는 것이다. 그래서 또 다른 자아 하이드가 탄생한다. 약을 복용하면 선한 모습은 온데간데없이 사라지고 일그러진 악한의 얼굴로 변모한다. 재미있는 것은 그의 몸집은 더 왜소해지고 작아지는데, 아마 육체적으로, 인격적으로 덜 성장한 청년기의 모습을 시사하는 듯하다. 우리는 어릴 때 더 자주 이상한 상상을 하지 않았던가.

하이드는 악한 본성에 충실해 어린 소녀를 무자비하게 짓밟기도 하고, 템즈 강변에서 상원의원 커루 경을 사소한 이유로 살해하기도 한다. 쾌락이 악덕을 마음껏 발산하고 난 후에는 안전한 자기 방으로 피신하면 그만이다. 다시 약을 먹고 지킬박사로 돌아오는 것이다. 얍삽한 인생 같지만, 으레 범죄를 저지르는 자들의 공식과 같다.

문제는 악이라는 금단의 열매를 맛본 - 선악과를 따 먹은 이브처럼 원죄가 생겨나 - 그는 특수약의 도움 없이도 수시로 하이드로 변신하는 지경에 이른 것이다. 악한 본능의 승리다. 그러다 보니 선악의 균형을 맞추고자 지킬박사로 돌아가기 위해서는 점점 더 많은 약이 필요하다. 게다가 약의 원재료인 '이상한 물질이 섞여 들어간 그 소금'을 더 이상 조달받을 수 없게 되자 이전에는 지킬박사의 몸뚱이로부터 빠져나와 하이드가 되기 위해 그렇게 애를 썼는데, 이제는 다시 지킬박사의 몸으로 들어가기 위한 노력이 불가능하다는 사실에 절망하고 죽음에 이른다. 타락하기는 쉽지만, 다시 구원받기는 어려운 법이다.

선악의 투쟁은 인류 역사에 오랫동안 이어져 왔고 지금도 그러하다. 이 작품이 매력적인 이유는 그것을 한 인간에게 동시에 투입하여 서로 대비시켜 말했다는 점이다. 그렇다고 지킬박사는 선한 사람, 하이드는 악한 사람이라는 이분법적인 도식은 곤란하다. 지킬박사는 바로 우리들이다. 대개의 사람들은 착하고 올바르게 살아가는 것이 옳다는 것을 알고 그리

살려 한다. 그럼에도 마음속에 이는 쾌락에 대한 충동, 본능적인 것에 대한 열망, 나쁜 것에 대한 미혹으로 번민하고 고뇌한다. 일부는 속세를 떠나 수도승으로 살려 하고 일부는 정신 수련을 통해 욕망을 거세하기도 한다. 그런 의미에서 접근해 보면 하이드는 욕망에 이끌리는 대로 살아 보려는 지킬박사의 욕망이 만들어 낸 충동성이 강한 또 다른 우리의 자아라고 말할 수 있다.

우리에게는 수많은 자아가 있다. 혼자 있을 때의 자아, 가정에서의 자아, 직장에서의 자아, 친구 관계에서의 자아, 잘 모르는 사람들 앞에서의 자아 등등. 새로운 자아를 드러내는 것도 능하고 고유한 자아를 숨기는 데도 일정한 능력을 보이는 게 인간의 특징이다. - 재미있는 것은 결혼 후에 혼자 있을 때의 자아와 배우자와 함께 있을 때의 자아가 똑같기 때문에 사랑이 변하고 열정과 신비감이 떨어질 수도 있다는 점이다. 방귀 트는 행위가 대표적인 예이다 - 그렇다고 그것이 나쁜 것인가.

한 가지 자아만을 가지고 살아갈 수 있는 것은 운이 좋은 것이고 편할 수 있지만 누구에게나 가능하지는 않다. 우리 안의 수많은 자아가 충돌할 때 그때마다 자신에 대한 모멸감으로 상처받을 것인가. 그때 우리에게 필요한 것은 하나의 자아가 다른 자아에게 건네는 위로인지 모른다. 이해하고 인정하고 어루만져 주고 이끌어 주고. 그러다 보면 그나마 더 가치 있고 바람직한 자아가 우리 삶을 좀 더 큰 면적으로 차지해 삶을 조금이라도 더 담백하게 살아가도록 도와줄 수도 있겠다. 그때쯤 되면 더 편안해지겠지.

두 가지 자아를 인정하고 받아들이려는 지킬박사의 말을 들어 보며 글을 마무리한다.

"인간의 의식이라는 자궁 속에서 너무 다른 선악의 쌍둥이가 한 탯줄에 묶여서 투쟁해야 한다니. 이건 인류에게 내려진 가혹한 형벌이 아닌가."[69]

"지킬이 근심이 가득한 아버지라면 하이드는 무심한 장난꾸러기 아들이었어. 지킬을 선택한다는 것은 그동안 은밀하게 누려 오다 최근 들어 마음껏 즐긴 쾌락을 전부 포기한다는 뜻이었고, 하이드를 선택한다는 것은 수천 가지 관심사와 열정을 포기하고 영원히 사람들로부터 경멸을 받으면서 외롭게 살아가야 한다는 뜻이었네."[70]

위로 다섯 마디

사랑하고 사랑하기

사랑도 삶도 모두
헛수고라고 생각될 때

가와바타 야스나리의 『설국』

유년 시절 나는 눈이 많은 곳에 살았다. 겨울이면 세상이 하얬다. 어느 겨울밤, 그러니까 열두 살쯤 되었을까. 군불에 까맣게 변색되어 버린 아랫목에 엎드려 무언가를 좀 끄적거리다 까무룩 잠이 들었고, 설핏 깨어나길 반복하다가 배가 아파 마당으로 나섰다. 세상에! 밤새 내린 함박눈으로 온 마을 전체가 하얀 눈밭이 되어 버린 것이다. 그 막막한 아름다움에 나는 나른한 슬픔을 느꼈다. 노란 오줌발을 쌓인 눈 속으로 깊숙이 침투시키면서, 그리고 눈이 미세하나마 녹아내릴 때 나는 잠시나마 희열을 느낄 수 있었다. 별들이 꽁꽁 하늘 깊숙이 얼어 버린 채로 반짝반짝 별빛을 눈밭으로 떨어뜨리는 그런 밤이었다.

그리고 몇 해쯤 지나 우연히 이런 문장으로 시작하는 책을 만났다. 이 소설의 첫 구절이 명문 중의 하나라는 것은 또 몇 해가 지나서야 알았다.

> 국경의 긴 터널을 빠져나오자, 눈의 고장이었다. 밤의 밑바닥이 하얘졌다. 신호소에 기차가 멈춰 섰다.[71]

나는 별 망설임 없이 책을 샀다. 어느 소도시 명보소극장 앞, 길거리 리어카에서 구입한 해적판이었다. 가판대 아저씨는 로맨틱한 책이라며 권했는데, 나는 그 말이 좋아 쑥스럽게 웃었다. 그러나 그 나이 때는 절제되면서도 불꽃같은 사랑의 감정을 알기에는 너무 어렸고, 또 나는 세상을 잘 몰랐다.

『설국』과 관련해 떠오르는 또 다른 상념 또는 기억의 단편은 〈철도원〉 혹은 〈러브레터〉라는 영화였다. 영상 속에는 눈이 참 많았다. '눈의 아이'라는 뜻의 이름, 유키코가 철도원 앞으로 금방이라도 나타날 것 같은, 혹은 히로코가 멀리서 "오겡끼 데쓰까? 와타시와 겡끼데쓰."라고 안부 인사를 건네줄 것만 같은 배경, 눈의 나라. 그와 같은 순백의 설국, 니가타현의 눈밭 위에도 한 여자의 빨갛고 열정적인 사랑이 불꽃처럼 타오르거나, 또 다른 여자의 순수하고 깨끗한 사랑이 눈꽃처럼 내려앉고 있다.

도쿄 출신의 시마무라는 서양무용에 대해 글 나부랭이나 쓰는 조촐한 직업을 가지고 있었고 보헤미안처럼 한가하게 떠도는 여행자이다. 그는 작년 5월에 만난, 유독 자신의 손가락으로 기억하는 여자, - 여자를 손가락으로 기억한다는 것은 얼마나 자극적이고 관능적인가 - 고마코를 만나러 눈의 고장으로 들어서는 기차 안에서 우연히 또 다른 여자를 만난다. 차창 밖을 바라보다가 뿌예져 거울이 되어 버린 창에 비친 맞은편에 앉아 있는 눈에 등불이 켜진 여자, 요코를 관찰하게 된 것이다. 요코의 눈동자에 야산의 등불이 스포트라이트처럼 겹쳐졌을 때 그는 표현하기 어려운 아름다움을 느꼈다. 요코는 그때 어떤 환자를 돌보고 있었다.

그리고 그는 직감적으로, 손가락으로 기억하는 여자와 눈에 등불이 켜진 여자 사이에 무슨 일이 일어났고, 무슨 일이 일어날지에 대해 마치 무언가를 알 수 있는 것처럼 생각한다.

고마코는 산골에 사는 게이샤다. 시마무라는 산에 왔다가 그녀와 인연을 맺게 되었다. 이렇게 한적한 시골에서 기생으로는 살 것 같지 않은 여자. 발가락 뒤 오목한 곳까지 깨끗할 것 같은 여자. 아름다운 거머리가 움직이듯 매끄럽게 주름이 잡히는 입술을 가진 여자. - 입술이 거머리처럼 움직이는 여자는 얼마나 육감적인가. 거머리가 분비하는 '히루딘'이라는 마취제를 생각하면 그만 아찔해진다 - 일기를 쓰는 여자. 그 일기를 죽기 전에 다 태워 버린다고 하는 여자. 열정적인 여자. 책 속으로 들어가 보면 그녀의 단아한 인상은 설렘을 선사한다.

그런 그녀를 처음 그 남자가 안기를 원했을 때 고마코는 양팔을 빗장처럼 지른 채 자기 가슴을 가리다가, "뭐야, 이건, 짜증나게. 아, 나른해, 이따윈" 하고 돌연 자신의 팔꿈치를 덥석 물면서[72] 자신의 내밀한 도덕률과 싸우는 부분이 나오는데 아, 그녀가 얼마나 예쁘고 사랑스러웠는지.

일 년마다 한 번쯤 오는 남자를 기다리는 여자는 그 남자가 올 때마다 변덕스러울 수밖에 없겠다. 보고 싶었다고 했다가 가 버리라고 하는 여자, 남자의 숙소에 들르지 않겠다고 해 놓고선 틈만 나면 찾아가는 여자는 이성적으로 설명하려는 시마무라에게 그래서 당신은 그게 틀렸다, 고 말한다. 그리고 덧붙인다. 진정으로 사랑할 수 있는 건 언제나 여자뿐이라고. 항상 그렇다고.

당신은 그게 틀렸다, 라는 요코의 말을 들었을 때, 나는 가슴이 서늘해졌다. 우리 같은 남자는 대부분 시마무라가 아니던가. 남자는 절대로 여자의 대화 코드를 제대로 이해할 수 없을 거라 생각하니 마음이 아프기도 하다.

그렇지만 모든 것들이, 고마코에 대한 애정조차도 결국 헛수고, 라고 생각하는 허무가 그득한 남자는 오히려 그 헛수고 같은 행동을 소용없는 행동임을 알면서도 자신의 것인 양 생각하며 묵묵히 감내하는 고마코로부터 순수한 존재성을 발견한다. 고마코가 자신이 읽은 소설의 제목과 지은이, 등장인물을 적어 둔다고 했을 때도 헛수고야, 일갈해 놓고선 그녀의 존재를 순수하게 느꼈고, 고마코가 옛 약혼자라는 소문이 있던 자신의 춤 선생 아들의 요양을 위해 물심양면으로 애쓴 사실을 알고 헛수고라고 못 박아 버리고 싶으면서도 물 같은 그녀에게 또 순수성을 느끼는 것이다.

그렇다. 이해타산을 따지면서 해야 할 일과 하지 말아야 할 일을 합리적으로 구분하려는 태도를 지닌 사람은 고마코처럼 헛수고 같은 행위를 별 내색 없이 꾸준히 해 나가는 사람에게 담백한 존경심을 갖는 것이다. 인생을 충분한 소득이나 양질의 결과가 따라오는 일만 하면서 살아야 하는가. 헛수고 같은 인생이더라도 그 안에는 나름 이유가 있다. 이유가 있는 삶이라면 채산성이 낮더라도 그 삶 괜찮다. 나는 내가 하고 있는 헛수고 같은 일이 가끔은 내 인생에서 더 나다운 일이 아닐까, 자문해 보기도 한다. 헛수고에도 삶이 들어 있다.

그에 비해 요코는 지고지순한 삶의 태도를 지닌다. 기차 안에서 돌보던 환자 유키오는 그녀의 애인이었는데 고마코와도 일정 부분 관계가 있는 남자, 요즘 말로 하면 썸을 좀 탔다 할 수 있는 그녀의 약혼자로 소문난 바로 그 남자였다. 유키오가 병으로 죽자, 요코는 매일 메밀밭 아래 있는 그의 무덤엘 간다. 한 사람만 간호했고 한 사람만 간호하려고 하는 여자. 요코는 시마무라에게 고마코를 잘해 주라고 부탁한다. 자기는 미워서 말도 하지 않는다면서.

고마코와의 애정을 그저 살아가면서 만나게 되는 아름다운 헛수고로 생각하는 시마무라는 고마코를 부탁한다는 요코의 모습에 마음이 끌린다. 고마코와 자신의 관계를 무심히 꿰뚫어 보는 빛을 닮은 눈을 가진 요코로부터도 담백한 순수미를 느꼈는지 모른다. 예전 그녀의 얼굴에 등불이 켜졌을 때 느꼈던 그 원초적 아름다움이었는지도.

그렇다고 두 여자, 고마코는 빨간색에 가깝고 요코는 흰색이라고 생각한다면 당신은 성급한 일반화의 오류를 범하고 있는지도 모르겠다. 조금의 천박함 없이 절제를 미덕으로 산 여자, 요코는 불타는 마을창고 2층에서 불나방처럼 그렇게 극적으로 추락하고 말았으니 요코가 더 빨간색인 것 같기도 하고, 그렇게 가끔 뭐가 뭔지 잘 모를 때도 있는 것이다. 요코가 공중에서 땅까지 수평 상태로 떨어진 그 영화 같은 밤에 은하수는 또 얼마나 두렵도록 밝고 요염했던가.

책을 읽는 내내 작가가 전달하는 문체에 가슴이 저렸고 눈이 시큼했고 손발에 쥐가 난 듯이 오글거렸다. 읽다가 책장을 펼쳐 놓고 하아, 하고 가는 숨을 내쉬기도 했다. 이 책을 읽어 내리는 행복은 여기에 나오는 사랑이 열정적이었대도 주인공들의 화끈한 정사 장면이 있는 것이 아니라, 대신 느릿느릿하고 가슴 적시는 사랑, 그 언저리에 관한 쉬어 가는 듯한 묘사를 만날 수 있다는 점이다. 흔히 박동감 넘치는 플롯 없는 묘사는 지겹다고들 하지만, 가끔은 어떻게 저렇게 아름다운 표현을 할 수 있는 거지, 하고 가슴 저 끝에서 뭔가가 올라오는 듯한 느낌도 받는데, 이 책이 그랬다.

이 책을 읽는 법,

행간을 읽고, 잠시 멈춰 서서 호흡하고, 눈으로 뒤덮인 땅을 밟고 있다고 그저 상상하다 보면 어느덧 당신은 고마코와 요코가 그리워진다. 그리고 불쑥 그들을 향해 오겡끼 데쓰까?, 라고 말을 건네고 싶어 할지도 모르겠다. 그렇게 하는 것이 그냥 헛수고일 수도 있겠지만.

그래도 누군가를 손가락으로 기억하고 싶다면 고마코에게는 꼭 말을 걸어 보시길. 그녀가 전하는 감촉과 질감으로 짜릿해질 수도 있을 테니까.

사랑은 대개 진지해야 한다는 강박관념이 있을 때

밀란 쿤데라의『우스운 사랑들』

틀니를 꼈다고 해서 키스를 못 하는 것은 아니다. 모양새가 좀 떨어질 수는 있지만 사방으로 흔들리는 치아로부터 일정한 재미와 율동감을 느낄 수도 있을 것이다. 움직이는 게 신경 쓰인다면 빼 버리면 될 테고 그도 아니면 가벼운 입맞춤에 집중해도 될 것이다. 건강한 치아만이 혹은 임플란트만이 키스의 절대조건일 리는 없다. 키스도 마음의 문제이다.

밀란 쿤데라의『우스운 사랑들』은 이처럼 약간은 마음의 부담이 작용하는 이야기들로 이루어진 일곱 꼭지의 단편 모음집이다. 그리고 그는 제목을『우스운 사랑들』이라고 명명했다. 시쳇말로 그는 참 오지게 제목을 잘 정한다. 그의 제목에는 무거움과 가벼움이 혼재한다. 삶을 진중하게 살아내면서도 가볍게 바라보려는 작가의 철학이 녹아 있는 듯하다.

그런데 맞는 말이다. 사랑이라는 건 원래 좀 유치하고 우습다. 낭만적이거나 열정적이거나 점잖거나 화려한 사랑들도 존재하지만, 사랑이 영글어 정착하게 되면 우스운 사랑들로 변신한다. 물론 두 가지 이상의 성격을 가진 사랑이 공존할 수도 있다. 사랑이 우스울 수 있기에 우리는 일상생활을 하면서도 사랑을 소환할 수 있는 것이다. 사랑이 늘 무거운 바위와 같은 무게감을 가지고 있다면 우리는 사랑에 질릴 수도 있다. 우습다고 사랑이 아닌 것도 아니다. 우습다고 사랑의 가치가 떨어지는 것도 아니다. 영화 〈봄날은 간다〉에서 상우(유지태 분)는 은수(이영애 분)에게 이렇게 말한다. "사랑이 어떻게 변하니?" 상우가 그렇게 말하는 것을 보면 가슴이 아프다. 사실 은수의 사랑은 변한 게 아니라 가 버렸다고 말하는 게 맞다. 사랑이 변한 게 아니라 사랑의 대상이 바뀌었다고 하는 게 더 정확하다. 사랑은 저 혼자 움직이며 사람을 지배한다. 구조주의적 성격이다. 만일 그들의 열정적인 사랑이 우스운 사랑으로 변할 수만 있었다면 그들은 나름 행복했을 것이다. "사랑이 어떻게 변하니?" 여전히 애절하다.

여기서 일곱 편의 단편소설을 모두 다 소개하는 것은 무리다. 단편이라 해도 그 하나하나는 장편과 같은 완전성을 지닌다. 요절했다고 해서 어떤 사람의 삶이 미완성인 건 아니다. 짧게 살아도 그 사람의 생은 그 자체로 온전하다. 그런 의미에서 독특하고 신선한 소재들로 그득한 - 아무래도 체코를 배경으로 한 밀란 쿤데라의 소설인 만큼 - 일곱 편 중에서 더 독특하고 참신한 작품을 하나 뽑아내 본다. 「죽은 지 오래된 자들은 죽은 지 얼마 되지 않은 자들에게 자리를 내주도록」. 길다. 그런데 무슨 말인지 알 수 있을 것 같고, 역시나 그 남자의 제목은 매혹적이다.

이 이야기는 서른다섯 살 먹은 남자와 쉰 중반의 여자가 15년여 만에 체코 프라하 보헤미아 어느 소도시에서 우연히 재회하면서 시작된다. 보헤미아는 체코 중서부에 위치한 지방으로서 대표적인 도시는 수도 프라하, 필스너 우르켈 맥주로 - 현지 발음은 꽤 다르다 - 유명한 플젠, 중세도시 체스키크룸로프, 역시 맥주 생산지인 체스키부데요비체 등이 있다. 여담이지만 불세출의 록밴드 퀸(Queen)의 〈보헤미안 랩소디(Bohemian

Rhapsody)〉라는 유명한 노래가 있는데, 이때 보헤미안이 보헤미아 지방 출신 사람들을 뜻한다. 예전에 그 지방 출신들이 프랑스에서 집단의 구속에 얽매이지 않는 자유분방한 떠돌이 삶을, 마치 집시(Gypsy)처럼, 살았다고 해서 붙여진 이름이라고 하는데, 내 생각에 사람들에게는 저마다 보헤미안적인 피가 일정 부분 흐르고 있지 않을까 싶다. 그래서 일상의 권태와 빡빡함을 이겨 내기 위해 가끔 긴 여행 같은, 노마드(Nomad)의 삶에 도전하는 것인지 모른다. 노랫말에는 직접적인 언급이 없지만 〈보헤미안 랩소디〉가 그렇게 큰 사랑을 받은 이유도 '보헤미안'이라는 이름이 주는 그런 해방감이 아닐까, 하는 추측도 해 본다. 아무튼 프라하에 사는 쉰 중반의 여자는 보헤미아 소도시에 안장된 남편의 묘지를 십 년 임대받았는데, 갱신하는 것을 잊어버려 기한이 만료되었다. 보헤미아니까 십 년도 긴 것 같지만, 연락도 없이 갑자기 사라져 버린 묘지에 분개한 여자에게 임대 관리인은 '죽은 지 오래된 자들은 죽은 지 얼마 되지 않은 자들에게 자리를 내주어야 한다'는 죽은 자들의 순서를 말해 준다. 그리고 이것이 이 단편의 제목이 된다.

어떤 생각이 떠오르는가. 사실 이 부분이 이 소설 전편에 흐르는 주제의식이다. 죽은 지 오래된 자들은 죽은 지 얼마 되지 않은 자들에게 자리를 내주어야 한다? 더 오래된 과거는 덜 오래된 과거보다 덜 중요하게 취급받는다. 그렇다면 현재(present)는 어떤 위치에 서는가. 현재가 선물이라는 말이 있듯이, 현재는 과거에 확실한 우위를 점하게 된다. 이제 무언가 떠오를 것이다. 지금이 중요하다, 는 말은 여기서도 또다시 반복된다. 카르페 디엠(Carpe diem)이니 욜로(Yolo)니 아모르 파티(Amor fati)니 메멘토 모리(Memento mori)니, 뭐 그런 느낌이다.

오랜만에 만난, 한때 한 번 사랑을 나누었던 여자에게 남자는 자기 원룸에 가서 커피 한잔하자고 한다. 커피 한잔할래요? 꼬시는 방법은 동서양이 보편적인 코드를 갖는가 보다. 〈봄날은 간다〉에서 은수는 이렇게 말한다. "라면 먹고 갈래요?" 그러고 보면 커피는 라면보다 우월하다. 원두를 내려 끓인 커피는 인스턴트 라면보다는 사랑의 향기가 지속될 확률이 높다. 물론 커피-설탕-크림, 3가지가 들어 있는 인스턴트커피는 라면과 동일한 위치를 점할지 모른다. 커피도 라면도 사랑도 인스턴트라면 그리 무거울 필요가 없겠다. 우스운 사랑이다. 만일 영화에서 은수가 상우에게 밥 먹고 갈래요, 라고 했다면 그들의 사랑은 더 오래 지속되었을 것이다. 밥은 라면보다 할머니들의 표현대로라면, 근기가 있다.

여자는 많이 늙었다. 15년이라는 세월은 여자를 40대 초반에서 50대 중반으로 시간상 위치 이동시켰다. 주름진 얼굴, 시든 목, 희끗희끗한 머리칼, 푸른 혈관이 드러나는 손. 그래도 괜찮다. 아직 조금이라도 더 젊었던 시절을 기억해 주는 이 남자가 있지 않은가.

머리가 빠져 대머리의 기미가 보이기 시작하는 남자는 제대로 성취해 놓은 것이 없는, 특히나 제대로 여자를 사귀어 본 적이 없는 자신의 지난 날들을 후회하고 있었다. 이 세상에서 그렇게 오래 살고도 그렇게 조금 살았다는 사실에 치욕감을 느낀 것이다. 오래 살았다고 해서 제대로 산 것은 아니다. - 삶의 길이에 대한 세네카의 정성적 평가는 이 책 「짧은 삶이 서럽다 느껴질 때」에 잘 나와 있다 - 짧게 살아도 길게 살았다는 느낌을 가질 수 있는 방법도 얼마든지 많다. 물론 오래 살면서 길게 산 만족감을 가질 수만 있다면 더할 나위 없이 좋겠지만. 그 남자, 그래서, 비록 세월의 덧칠 뒤에 가려져 늙어 버린 그 여자에게 여전히 마음을 사로잡힌다. 스무 살에 만난 그 여자는 그때 특별했었다.

그러나 여자는 이제 여자로서의 삶은 포기했다. 대신 업적을 쌓기로 했다. 늙어 가고 소멸해 가는 몸 이상의 것들, 즉 사람이 이루어 낸 일이나 다른 이들을 위해 무언가를 남겨 주는 업적에 주목한 것이다. 사실 여자가 그렇게 생각할 수밖에 없었던 것은 아들 때문이었다. 아들은 어머니를 미망인의 적합한 한계 속에 가두고 여자로서의 삶을 사는 것을 허용하지 않았다. 아들은 성생활을 할 수 있는 어머니를 부정했고 그저 중성화된 나이 든 여자만 필요했다. 이런 아들들 혹은 딸들은 의외로 많다. 그래서 혼자 된 부모의 재혼이나 사랑을 탐탁하게 여기지 않는다. 자신들이 잘하면 된다면서 곁가지를 친다. 나이 든 부모를 정신적 수도승의 암자로 격리시킨다. 이러한 문제는 사실 간단하다. 아들들이나 딸들이 자신의 배우자가 이 세상에서 사라졌을 때 자기 자식들의 효도에 만족하면서 삶을 견딜 수 있는지 역지사지해 보면 된다. 늙었다고 이성에 대한 사랑의 감정이 필요 없다고 판단하는 것은 진짜 위험한 발상이다.

여자는 여자로서의 삶을 버렸다. 즉, 섹스를 할 수 있다는 가능성을 포기하며 살아왔다. 그런데 이 남자가 나타나 거의 감사하게도, 자신의 젊었던 시절을 기억해 주는 것이다. 누군가의 기억 속에 오래 머무르는 것. 인간은 필연적으로 영원성을 갈망한다.

커피 한잔할래요, 라는 제안에 여자는 신체적 접촉이 일어날 수 있을 거라고는 상상도 못 했다. 그녀는 자기가 할머니가 되었다고 생각했으며 성숙한 여자가 남자에게 늘 경계해야 할지도 모를 '항시적인 준비 상태'를 오래전에 상실한 것이다. 남자가 여자를 끌어안고 과거로 돌아갈 타임머신에 탑승하려고 혀를 여자의 입술 속으로 밀어 넣으려 하자 그녀는 기겁

한다. 키스 행위와 너무 동떨어진 것처럼 느껴지는 그녀의 입천장에 있는 틀니 장치가 생각났기 때문이다. 이것은 분명 우스운 사랑이다.

틀니를 하고 있을 때 상대방의 입술이 침투하려 한다면 어떤 생각이 들까. 이 글 첫 문단에서 나는 호기롭게도 그런 것쯤은 문제가 되지 않는다고 선언했다. 조금 뒤로 물러나 보면, 어쩌면 그것은 처음 만난 사람에게는 감내할 수 있을지 모른다. 자존심의 정도에 따라 처음 만난 이에게도 윗입술과 아랫입술을 앙다물고 접착력을 높일 수도 있다. 그런데 젊었을 때 사랑을 나눈 추억이 있는 사람에게는 어떨까. 더 쉽지 않을 것이다. 견디기 힘든 모멸감이 들지 모른다. 아름다움은 아름답게 남겨두어야 한다.

> "당신은 당신 기억 속에서 내게 기념비를 세워 주었어요. 우리는 그것이 무너지게 할 수는 없어요. 나를 이해해 줘요. (…) 당신에겐 권리가 없어요. 그럴 권리가 없어요."[73]

그러나 남자는 지속적으로 매달린다. 여자는 거부하고 거부하다가 갑자기 섹스할 수 있는 여자로서의 삶을 포기하도록 강요한 아들의 적대적인 얼굴을 떠올린다. 그리고 사라져 버린 아버지의 묘지에 대해 질책하는 아들의 화난 목소리도 생각한다. 여자는 갑자기 아들을 향한 분노가 솟는다. 남편이라는 과거에 매달려 여자를 잃어버리게 만든 아들이 그렇게 미울 수가 없다.

갑자기 그녀는 자신을 환하게 비추어 주는 빛을 느꼈다. 그 빛은 깨달음이었다. 지금, 이 순간을 즐길 것. 업적이니 기념물이니 유산이니 뭐 어떤 것이라도 사후 남겨지는 것들을 위해서가 아닌 지금 남아 있는 나를 즐길 것. 여자는 옷을 벗는다.

> 그녀에겐 삶에 우선하여 기념물을 앞에 갖다 놓을 그 어떤 이유도 없었다. 자기 자신의 기념물도 그녀에게는 단 하나의 존재 이유만 있을 뿐이다.[74]

아름다운 과거의 추억을 뜯어먹고 살 것인지, 현재의 욕망을 받아들일 것인지는 순전히 개인의 선택에 달려 있다. 그럼에도 불구하고 이러나저러나 삶은 계속되고 지금 이 순간의 만남도 얼마 안 있어, 또 과거가 되는 것이다. 현재는 어떤 형태로든 기억으로 자리 잡는다. 라떼는 말이야, 는 무조건 좋은 것도 나쁜 것도 아니다. 중요한 건 지금 또 다른 라떼를 끓여 보는 것이다. 어찌 되었든 우리는 지금을 살고 있기에.

낯선 사람의 친절에 의지하고 싶을 때

테네시 윌리엄스의 『욕망이라는 이름의 전차』

'욕망'이라는 이름의 전차를 타고 가다가 '묘지'라는 전철로 갈아타서 여섯 블록이 지난 다음, '극락'이라는 곳에서 내린다.[75)]

테네시 윌리엄스의 『욕망이라는 이름의 전차』는 거대한 농장을 잃고, 아메리칸 드림을 잃고, 남편을 잃고, 가문을 잃어버린 블랑시가 동생 스텔라를 찾아가는 여정이다. 남부의 영광을 뒤로하고 - 미 남부의 영광이 궁금하시면 윌리엄 포크너(William Faulkner)의 작품을 읽어 보길 권한다 - 욕망의 은신처를 찾아가는 블랑시의 운명은 이미 전차 혹은 전차 역 이름에 묻어 있다. 이른바 대놓고 복선이다. 우리는 안다. 욕망이라는 이름의 전차를 타고 묘지라는 전철로 갈아타는 순간, 극락에 도착하기엔 요원하다는 것을. 묘지라는 전철을 타고 가다가 극락에서 하차해야 하는데, 욕망으로 탈진한 블랑시가 묘지에서 잠이 들어 버릴 수도 있음을. 그것도 깨어나지 못하는 긴 잠 말이다. 이쯤 되면 1호선을 타고 가다가 2호선으로 갈아타고 직장이 - 직장이 지옥 같다고 말하는 사람도 있지만 - 있는 곳에서 내리는 우리들의 삶은 다행스럽기까지 하다. 예상한 목적지에 내릴 수 있기 때문이다. 일상은 파괴되기 전까지는 대개 좋은지를 모른다.

그럼에도 욕망이라는 이름의 전차(A Streetcar Named Desire)는 매혹적으로 들린다. 그 전차 한번 타고 싶은 충동이 인다. 전차의 이름이 꿈이라거나 희망 정도였다면 타 보고 싶은 마음이 썩 내키지는 않을 것이다. 꿈이거나 희망이거나 그런 것들이 전차의 이름이라면 왠지 그 앞에는 '헛된'이라는 수식어가 붙어야만 할 것 같다. 욕망은 끌린다. 어차피 욕망이라는 말에는 간절한 바람만큼이나 살얼음을 밟는 듯한 짜릿한 위험 요소가 들어 있다. 수익성이 높으려면 안전성은 포기해야 한다.

뉴올리언스에는 실제 욕망이라는 이름의 전차가 있었단다. 이것 참 신기하다. 우리도 이제 상상력을 발휘해 1호선 대신에 욕망을, 2호선 대신에 사랑을, 3호선 대신에 열정이라는 이름을 붙여 보자. 명칭 하나 바꾸었을 뿐인데 일상이 얼마나 근사해질까. "자기야, 나 사랑을 타고 가다가 열정으로 갈아탄 후, 다시 욕망으로 갈아타려 해. 종착역에서 만나." 종착역의 이름은 극락이 좋을까, 행복일까, 아니면 탄생역일까. 분명한 것은 지옥역이나 이별역 혹은 권태역 같은 역명은 없을 것이다. 이름 짓기의 기본은 긍정이다. 그렇게 해도 잘되지 않는 경우가 허다하니 굳이 부정적으로 이름 지을 필요는 없다.

미국의 현대 희곡은 유진 오닐(Eugene O'Neill)에게 상당한 빚을 졌다. 그가 없었다면 2차 세계대전 이후, 미국 희곡의 양대 산맥의 역할을 해온 테네시 윌리엄스(Tennessee Williams)나 한때 마릴린 먼로(Marilyn Monroe)와 결혼생활을 했던 아서 밀러(Arthur Miller)도 등장하지 않았을지 모른다. 그러고 보니 유진 오닐의 유명한 작품 중, 『느릅나무 아래의 욕망(Desire Under the Elms)』이라는 작품 제목에도 'desire'가 들어 있다. 이 세 작가는 삶의 어둡고 불편한 진실들이나 인간의 부정적인 면을 숨기려 하지 않았다. 삶을 아름답고 예쁘게 포장하는 대신 추한 면까지 가감 없이 드러내고 까발리는 행위는 문학사조로 볼 때 사실주의(Realism)나 한 걸음 더 나아가, 자연주의(Naturalism)로 묶인다. 이렇게 되면 무언가 로맨틱하지는 않다. 오히려 도로를 건너다가 자동차에 치여 납작하게 사체가 되어버린 개구리를 뜯어먹겠다고 내려앉은 까마귀 무리를 보는 것 같은 불편함이 거북하게 올라온다. 우리에게 테스로 알려진 토마스 하디의 19세기 후반 영국소설『더버빌가의 테스(Tess of D'Urbervilles)』도 자연주의의 대표작이다. 사회적 환경과 운명에 이리 치이고 저리 치이는 테스라는 여인의 삶은 도로 위에서 살해된 개구리의 신세와 다를 바 없다. 그럼에도 문학이라는 게 그렇다. 지금을 아름다운 저세상 텐션으로 끌어올릴 수도 있지만 현실을 있는 그대로 나타내는 것이 자연스러울 수도 있다. 다양할 때, 우리 마음속 전체주의는 묽어진다.

사실적인 있는 그대로의 눈으로 블랑시의 삶을 들여다보면 그녀는 온통 과거와 환상의 세계에 속해 있다. 그녀는 현재의 추한 자신으로부터 도망치기 위해 늘 그늘과 어둠 속으로 자신을 숨긴다. 진실조차 그녀에게는 말해지지 않는다. 진실을 말하는 대신, 그녀는 진실이어야 하는 것을 말한다. 진실이 객관적 현실이라면 진실이어야 하는 것은 주관적 현실이다. 그녀는 진실이 두려운 것이다.

그것은 그녀의 삶이 '나쁨'으로 누적되었기 때문이었다, 고 우리는 눈치챈다.

자신이 살아가는 삶이 온통 잘못되게 굴러간다면 늘 새로운 삶을 추구할 수밖에 없다. 새롭게 새롭게 삶을 모자이크하는 방법은 삶 속에 들어 있는 인물들을 바꾸어 버리는 것이다. 새로운 인물을 만나면 재시작해야 하는 불편함은 있지만, 그것이 어제의 잘못된 나를 포맷하는 데는 그만이다. 그래 보았자 또 금방 들통이 나겠지만 자기가 어떤 사람인지 알아채는 데 눈치가 느린 사람을 만날 수도 있고, 그러다가 들키면 또 바꾸면 되니까 뉴페이스가 과거 조작에는 최고다.

그래서 낯선 사람들은 그녀의 삶을 다시 올바르게 인도할 수 있는 구원자들이다. 어제의 삶을 삭제하고 오늘의 삶을 기록하게 도와주는 재탄생 선문 프로그래머인 것이다. 그녀는 지속적으로 모르는 사람들과의 소통을 시도한다. 그런데 이게 웬걸! 한계에 부닥친다. 두 번째 만나면 이미 낯익은 사람이 되어 버리지 않는가. 어쩔 수가 없다. 낯설다는 것은 일회용임을 인정해야 하지 않을까. 그녀의 결정적 실수는 낯선 사람에 국한시키기보다는, 낯선 사람에다가 그 밖의 타인이 모를 낯선 장소를 동시에 선택하지 않은 것일 수도 있겠다. 가령 뉴올리언스에서 만난 남자와의 잘못된 관계를 세탁하는 방법은 그곳에서 새로운 만남을 시작하는 게 아니라, 뉴욕에 가서 브랜드 뉴(brand new) 남자세탁기를 구하는 것이다.

마지막에 정신병원에 끌려가는 그녀. 그녀는 의사의 팔에 바짝 붙어서 그녀가 낯선 사람인 것에 안도한다. 그녀의 생각에 낯선 사람은 언제나 친절하다.

"당신이 누구든, 난 언제나 낯선 사람의 친절에 의지해 왔어요."[76]

그녀가 옳다. 낯선 사람은 대개, 언제나 친절하다. 서로를 잘 모른다는 것은 알아 가는 과정까지 서로에게 조심하는 근거가 된다. 불특정 다수가

득실거리는 도시에 사는 것이 익명성이 더 잘 보장되는 것도 같은 이유이다. 그러할지니 자기 주변에 친한 사람이 없다고 불안해할 필요 없다. 낯선 사람에게 다가가 말을 붙여 보시길. 훨씬 더 친절할 수 있을 테니.

역으로 아는 사람이 더 불편할 수도 있다. 아는 사람은 친밀한 사랑이나 우정의 관계가 될 수도 있지만, 상대방의 흠을 핀셋처럼 정확하게 집어내는 관찰자일 수도 있다. 수많은 장점이 있는데도 불구하고 아주 작은 단점을 찾아내 지적하는 능력자들은 대부분 아는 사람이다. 그들로부터 해방은 만만치 않다. 만나지 않는 것이 최선인데, 만날 수밖에 없다면 고역이다. 그저 조금씩 친밀감을 죽여 가며 덜 아는 사람으로 퇴행할 수밖에 없다.

더 큰 문제는 비가역성의 관계에 있는 사람들이다. 가족이다. 가족은 어떻게 할까. "그놈은 웬수야, 못 살아, 내가 못 살아."라고 푸념하는 모습을 보면 한집에 사는 가족이 지옥이 된다는 사실은 서럽도록 끔찍한 일이다. 아는 사람 중에 가장 가까운 사람이 가족이다 보니 이럴 수도 없고 저럴 수도 없이 전전긍긍할 수밖에 없다. 그래서 해결하기 어려운 가족 문제는 수면 바깥으로 끄집어내 전문상담가를 찾는 게 아닐까.

그렇다고 블랑시처럼 늘 낯선 사람의 친절에 의지하며 살아갈 순 없다. 낯선 사람은 친절할 수는 있지만, 그 친절의 용량은 제한적이다. 선을 넘어서면 친절은 사라지고 대충 들어 주는 듯한 가식만 남는다. 핵심은 사소한 친절이다. 예를 들어 정말 아무에게나 말할 수 없는 비밀을 털어놓고 싶다면 낯선 이의 사소한 귀를 빌리길 바란다. 아는 이에게 털어놓는 비밀이 부메랑으로 돌아올 수 있다면 모르는 이에게는 신기루처럼 사라질 테니.

이제 정리해 보자. 작은 친절은 낯선 이로부터, 대용량의 친절은 가장 가까운 사람으로부터 구원받아야겠다. 죽도록 힘든 일이 생길 때에는 아는 사람 중 가장 친한 사람이 힘이 되어 줄 테니까. 그 사람이 가족일 수도, 친구일 수도 소울메이트일 수도 있다.

생각해 본다. 나의 글쓰기는 누구를 향해 있는가. 글을 쓰는 내 행위는 친절한 낯선 사람을 만나려는 시도 같은 게 아닐까. 그렇다면 낯선 곳으로 여행을 떠날 때 편안함을 느끼는 건 친절한 장소 때문일까, 친절한 사람들 때문일까. 그 둘 때문일까.

사는 게 시시하다 여겨질 때

아니 에르노의 『단순한 열정』

> 지나간 세월은 먼지 쌓인 유리창처럼 볼 수는 있지만 만질 수 없기에 그는 여전히 세월을 그리워한다. 만약 그가 먼지 쌓인 유리창을 깰 수 있다면 지나간 세월의 그때로 돌아갈지도 모른다.

영화 〈화양연화〉의 마지막 자막이다. 지나간 세월을 먼지 쌓인 유리창으로 묘사한 게 마음에 든다. 희미해져 가는 사랑에 대한 기억은 참으로 보편적이다. 유리창을 깨 버리고 싶을 정도로 돌아가고도 싶겠지만 켜켜이 쌓인 먼지는 말해 준다. 그대로 놔두는 게 기억에 대한 예의라고. 아무리 대단했던 사랑이라도 시간들을 이기지 못하고 결국 소멸해 버린다. 사랑에 유통기한이 있다는 것은 도처에서 선언된다.

『단순한 열정』은 결은 꽤 달라도 〈화양연화〉를 닮았다. 한 남자에 대한 탐닉과 집착을 서정적인 감정을 드러내지 않고 간결하고 담담하게 그려 내는 여자의 기억은 마치 사랑한다고 대놓고 말하지 아니하면서도 절절한 사랑을 어떻게든 해동해 보려는 - 그래 봤자 여전히 살얼음 낀 사랑이지만 - 장만옥과 양조위의 몸짓처럼 결국 잊혀 간다. 네가 어떻게 나한테

이럴 수 있어, 우리 그냥 어디 가서 꽁꽁 숨어 살까, 나를 떠나면 죽여 버릴 거야, 와 같은 감정 이입된 말들을 내뱉지 아니하고 그저 담백하게 현실을 받아들이는 그 두 작품의 주인공들은 큰일을 아주 장하게 하고선 당당하게 기요틴에 오른 사람들처럼 사랑의 끝에서도 초연하게 빛난다.

아니 에르노의 『단순한 열정』은 소설이 시작되기 전에 구조주의 철학자 롤랑 바르트의 경구를 소개한다. '『우리 둘』 잡지는 사드보다 더 외설스럽다.' 사드는 프랑스 방탕주의 문학의 대명사라 할 수 있는 프랑수아 드 사드 후작(1740~1814)을 말하는데, 그로부터 사디즘이라는 말이 나왔다. 가학성애학의 원조답게 그의 삶은 난봉꾼 그 자체였고 그의 저작들은 포르노성 전개로 최근까지도 많은 국가에서 외설 시비의 논란이 되었다. 그런 그보다도 『우리 둘』 잡지가 더 외설스럽다니, 그 잡지는 대체 어느 정도까지 야하기에 그런 코멘트가 나온단 말인가. 나는 그 잡지에 대해 아는 게 없다. 그게 잡지 이름이긴 한 건가. 그럼에도 나는 그것이 더 음란하고 난잡하여 낯이 화끈거릴 거라 짐작한다. 그건 그 잡지의 속성을 모르더라도 '우리 둘'이라는 이름이 주는 비밀스러움 때문이다. 둘이 하는 그 어떤 행위든 사드를 가볍게 능가할 수 있지 않을까. 사랑은 대개 고루하지만 때로는 창의적이다.

흔히 소설의 첫 문장은 책의 전체 전개를 암시하는 경우가 많다. 이 책은 '나'가 처음으로 포르노 영화를 시청했다는 문장과 함께 성적인 장면을 보여 준다.

마치 작가는 초반부터 『단순한 열정』을 통해 주인공의 성적 행위를 민낯으로 드러내 보이겠다는 결심을 선포하는 듯하다. 그런데 그녀의 이야기는 예상한 만큼 지저분하거나 야하지는 않다. 그것은 문장들에 각종 양념이나 MSG가 첨가되지 않았기 때문이다. 그냥 약하고 밋밋한 소금으로 건조하게 간을 맞추었다고나 할까. 그래도 문장들은 오스트리아 잘츠(Salz)카머구트 암염만큼 고순도는 아닐지언정 더 철학적이다.

문학평론가 이재룡은 이렇게 말한다.

> 프랑스어에서 'passion'은 남녀 간의 절절한 애정이란 뜻에서 우리말로 '열정'이라 번역하지만 이것은 예수가 십자가에서 겪은 '고통'을 지칭하기도 한다. 대학 시절 아니 에르노가 읽었던 사르트르의 용어를 빌리자면 우리의 삶은 '무익한 수난'이다, 작가는 사르트르의 용어에서 형용사만 바꿔 그녀가 겪은 한 시절의 체험을 '단순한 수난'으로 명명했으리라.[77]

'단순한 열정'이 '단순한 수난'이 될 수도 있음이 놀랍다. 그러나 사랑의 열정에 동반되는 불안함, 질투, 아픔 등을 생각하면 사랑이 고행자의 수난과 흡사하다는 아이디어에 고개가 끄덕여진다. 그건 마치 여행을 의미하는 영어 단어 'travel'이 고통을 의미하는 프랑스어 'travail'에서 유래한 것과 같다. 여행은 설레고 신비로운 노정이지만 그와 반대로 고통과 노고가 수반되는 것은 피할 수 없기 때문이다. 힘들고 고생스럽더라도 여행을 외면하지 않듯이 불안하고 외로워질 순 있어도 열정적인 사랑을 하고 싶어지게 마련이다. 이제 '단순한 열정' 혹은 '단순한 수난'이라는 여정에 올라보자.

『단순한 열정』은 한 프랑스 여자가 동유럽 출신의 유부남과 사랑에 빠진 이야기다. 얼마나 열정적인 사랑인지 성애와 욕망의 여신, 아프로디테의 아들인 에로스의 화살을 제대로 맞은 그녀는 정상적인 일상생활을 할 수 없는 지경에 이른다. 종일 그 남자를 생각하고 종일 그 남자의 전화를 기다리고 - 전화벨 소리를 못 들을까 봐 진공청소기도 사용하지 않을 정도로 - 그 남자와 관련된 것에만 온 신경세포가 쏠린다. 이 세상 중심의 축은 오직 그 남자이다. 그 남자가 태양이고 그녀의 삶은 그를 중심으로 공전한다. 궤도가 가까워져 만날 시간이 다가오면 안절부절못하고 궤도에 몸을 실은 그가 떠나가면 또 다음 전화를 기다리는 고통의 시간으로 일상을 채운다. 그나마 그 시간을 견딜 수 있게 하는 것은 남자가 몸인에 남겨놓은 정액을 기억하기 위해 샤워를 하지 않는 것이나, 남자가 있을 때 거실 카펫을 태워 버린 커피포트 자국을 보며 열정의 순간을 되새김질하는 뭐, 그런 것들이다.

그녀의 삶이 이해되는가. 이해할 수 있다면 당신은 열정적 사랑에 빠져본 경험이 있다는 증거다. 심리학자들은 열정적 사랑의 유통기간을 6개월에서 2년 사이로 잡는다. 사랑이 빨리 식는 사람이더라도 반년 동안은 상대방에 온전히 집중할 수 있다는 말이다. 그 기간 동안 우리는 사랑의 바다를 점령하는 세이렌의 유혹에 걸려들어 탈진할 만큼 사랑에 집중한다. 물론 그 세이렌은 남자일 수도 여자일 수도 있다.

이 기간에는 또한 기다림, 고통, 시기, 질투, 분노, 탐욕 등의 감정도 동반된다. 버틸 수 있는 힘은 단지 열정의 무게가 더 많이 나가기 때문이다. 힘든 육아를 버티게 해 주는 게 한 번씩 찾아오는 아기의 환한 웃음이듯이.

안타깝게도 열정의 지속 기간은 한정적이다. 그다음으로의 이행은 대개 세 가지 경우로 요약할 수 있다. 안정적이고 편안한 사랑으로의 연착륙. 또는 열정의 경착륙 이후 새로운 사랑을 찾아 떠나는 것. 또 다른 하나는 홀로 남는 것. 첫 번째는 권태로울 수 있지만 평안하고, 두 번째는 설렘은 지속되겠지만 불안정하고, 세 번째는 또 다른 가능성을 남겨 둔 채 펜스 위에 올라가 어디로 뛰어내릴지 고민하는 것이 아닐까.

일단 그녀는 세 번째다. 그 남자가 본국으로 떠나간 이후에 그녀는 고통과 상실감과 불면증으로 온몸과 영혼이 아프다. 무엇을 해도 무의미하고 하루하루 시간을 헤아리며 표정 없이 보낸다. 어떨 때는 고된 육체노동으로 자신을 파괴해 보지만 그마저도 '공허한 피로감'만 불러올 뿐이었다. 강도가 들어와 자신을 죽여 주었으면 좋겠다는 극단적인 생각에 빠지기도 한다. 남자가 혹시 미련의 성병이라도 남겨 두고 떠나지 않았을까 생각하며 에이즈 검사를 받아야겠다는 저세상 상상을 하기도 한다.

그리고 세월은 흐른다. 이제 더 이상 그 남자가 이전처럼 그녀의 일상에 공격적으로 파고들지 않는다. 잊혀 간다. 이제 모든 것들이 제자리를 찾아가는 느낌이다. 남은 것은 기억이다. 먼지 쌓인 유리창처럼 아련하고 뿌옇다. 한때의 열정은 '어두운 상점들의 거리'를 찾아가는 페드로 맥케부아처럼 자아를 추억하며 텍스트로 남는다. 그는 떠, 나, 간, 다.

책은 사치에 대한 정의로 마무리된다. 사치는 분수를 넘는 행위를 뜻한다. 열정적인 사랑이 사치라면 편안한 사랑은 근검절약인가. 우리는 사치를 꿈꾸지만 대개 가난하게 산다.

> 어렸을 때 내게 사치라는 것은 모피 코트나 긴 드레스, 혹은 바닷가에 있는 저택 따위를 의미했다. 조금 자라서는 지성적인 삶을 사는 게 사치라고 믿었다. 지금은 생각이 다르다. 한 남자, 혹은 한 여자에게 사랑의 열정을 느끼며 사는 것이 바로 사치가 아닐까.[78]

『단순한 열정』은 사람을 사랑하는 이야기다. 사실 그런 사랑 외에도 우리는 다른 대상에게 열정을 쏟을 수 있다. 삶이 시시하다는 생각이 들면 사람들은 삶을 채우려고 여러 가지를 하려 한다. 기타 배우기, 꽃꽂이, 종이접기, 수영, 외국어 습득하기, 해외여행 하기 등등. 이들은 버킷리스트로 목록화되기도 한다. 하나하나를 지워 가며 충만한 하루 일과를 보내보기도 하지만 아쉽게도 밋밋한 일상의 단조로움을 지울 수 없을 거라는 느낌도 든다. 그래서 열정은 기본적으로 단순한 게 맞다. 복잡하다는 것은 에너지가 분산된다는 말이다.

그것은 다양한 수입 브랜드 맥주를 번갈아 가며 마시는 것과 같다. 맛과 향이 서로서로 다른 듯하지만, 그래 보았자 임팩트는 알코올 함량 5도 전후다. 우리에겐 강렬한 40도짜리 이상의 위스키가 필요한 것이다. 다시 말해 단 한 가지에만 베팅하는 단순한 열정이 시시할지도 모를 우리의 생을 더 톡 쏘게 자극할 수 있다. 그것이 무엇이 되든 대개는 상관없다. 단순하게 단 한 가지에 열정을 쏟아부을 수 있다면 우리의 몸속에는 생각하지도 못한 도파민이 넘쳐흐를 것이다.

확실한 건 단순한 열정을 쏟을 대상으로 사람에 대한 사랑만 한 게 없다는 것이다. 서로 사랑하라는 말도 괜히 있는 게 아니다. 하이 리스크 하이 리턴. 배신당할 가능성이 있다는 것은 더할 나위 없는 행복의 가능성도 열려 있다는 말이 아닐까.

위로 여섯 마디

의미 그 너머의 의미 있는 삶 살기

비루하고 아무런 존재의 의미도 없다고 여겨질 때

다자이 오사무의 『인간실격』

피천득의 『인연』에는 우리가 잘 아는 애절한 명문장이 있다. "그리워하는데도 한 번 만나고는 못 만나게 되기도 하고, 일생을 못 잊으면서도 아니 만나고 살기도 한다. 아사코와 나는 세 번 만났다. 세 번째는 아니 만났어야 좋았을 것이다."[79] 절만 몇 번씩이나 하고 손 한 번 잡지 못하고 헤어진 아사코와의 어색했던 세 번째 만남 이후, 인연에 대한 작가의 고백이다. 한때는 뾰족한 지붕에 뾰족 창문들이 나 있는 같은 집에 살 수도 있었을 그런 부질없더라도, 희망이라는 걸 품은 여자였는데, 백합처럼 시들어가는 현실의 아사코의 얼굴을 보고 세 번째는 괜히 만났나 하는 회한이 들 수도 있었겠다. 그럼에도 어떤 인연은 세 번째 만남 이후로 더 좋아지기도 한다. 나는 에곤 실레를 세 번 만나고서 제대로 사랑에 빠졌다.

첫 만남은 아주 우연히 다가왔고 별 의미 없이 빠져나갔다. 인상파 작품으로 나름 유명한 런던의 코톨드 갤러리(The Courtauld Gallery). 그림에 관심이 있는 사람, 특히 인상파 화가들의 작품을 좀 안다는 사람들이 아는 갤러리. 영화 〈애수〉로 유명한 워털루 다리 인근에 있는 숨은 진주 같은 그 미술관을 일부러 찾아갈 수 있었던 건 순전히 현지인의 강력한 추천에 의해서였다. 그도 그럴 것이 우연히 지나가다가 들를 수 있을 정도로 눈에 띄는 건물이 아닐뿐더러 설령 서머싯 하우스(Somerset House) 근처에 들를 기회가 있더라도 굳이 돈 내고 입장할 마음이 생기지 않을 정도로 런던에는 무료 미술관이나 박물관이 너무 많다. 더군다나 패키지 여행자라면 영국박물관(The British Museum)이 우선일 것이고, 좀 더 길게 머무르는 여행자라도 내셔널 갤러리(National Gallery), 테이트 모던(Tate Modern), 테이트 브리튼(Tate Britain) 등을 공짜로 관람할 수 있으니 이래저래 코톨드 갤러리는 소외되기 마련이다. "그냥 내 말 믿고 가 보라고. 절대 후회하지 않을 거라고." 리피의 말은 정말 사실이었다.

코톨드 갤러리에 들어선 순간, 나는 그만 그림들에 반해 버렸다. 우리가 알고 있는 명화, 르누아르의 〈관람석〉, 마네의 〈폴리베르제르의 술집〉, 〈풀밭 위의 점심 식사〉의 또 하나의 버전, 고흐의 〈귀를 자른 자화상〉 등의 인상파 화가의 작품들이 버젓이 전시되어 있는 것이다. 버젓이, 라는 말은 예상을 한참 넘어서 전연 볼 수 있을 거라 상상하지 못했던 작품들이 있었다는 말이다. 더군다나 관람객이 적어 그림 감상을 강태공 낚시하듯 해서 좋았다. 떠밀리듯이 걸어지며 감상할 수밖에 없는 루브르 박물관의 〈모나리자〉도 오랜 위시 리스트를 채우는 심정이라 감격스럽겠지만, 서서 오래 바라볼 수 있는 작품들도 사랑스러울 수밖에 없겠다. 그건 마치 멀리 떨어져 있는 연예인을 향한 구애의 몸짓과는 다른 가까운 사람과의 눈빛 교환에서 생겨나는 편안한 탐닉이다. 당시 나는 특히 고갱의 작품에 푹 빠져 있었다.

타히티의 여인들로 대변되는 건강한 생명력에 반해 버린 내게 〈The Radical Nude〉라는 타이틀로 특별전시관 입구에 걸려 있던 불안하게 뒤

틀리고 왜곡된 실레의 작품이 눈에 들어올 리 없었다. 그런 순간이었다. 그냥 가볍게 지나가도 될 것 같았던 마음. 그게 에곤 실레라는 존재를 처음 인식한 기억이다.

두 번째 만남은 좀 더 의욕적으로 다가갔다. 체코의 체스키크룸로프로의 여행계획을 준비 중이었다. 그곳이 실레 어머니의 고향이었고, 한때 그가 그곳에서 그림 작업을 했고, 후에 에곤 실레 아트센터가 들어섰다는 정보를 얻었다. 그가 궁금해졌다. 오, 이런! 더 많은 호기심으로 구글링을 해 보니 런던 코톨드 갤러리에서 스치듯 지나간 그 남자가 바로 실레였다는 것을 알아챈 것이다. 별 의미 없다 지레짐작한 만남이 지나가고, 후에 나타나는 어렴풋한 기억은 과거를 더 아름답게 포장하는 법이다. 고속도로 휴게소에서 우동을 먹고 나오다가 마주친 미모의 여성들에게 눈길조차 제대로 던지지 못하고선 다시 고속도로로 진입한 후에야 그들이 바로 유명 아이돌이었다는 생각에 미쳤을 때 나는 얼마나 가슴을 치며 아쉬워했던가. 바로 그런 느낌이었다. 이미 런던에서 그를 만나 볼 기회가 있었던 것이다. 억울한 마음에 공부를 좀 했더니 그의 그림이 전하는 매력에 빠져들기 시작했다. 스물여덟에 요절한 남자의 그림은 기묘한 슬픔을 토해 냈다. 그의 모사작을 한 점 샀다.

시간은, 그를 염두에 두지 않은 시간들은 다시 소원하게 흘러갔다. 그러던 어느 날, 아뿔싸! 거실 바닥에 손깍지 베개를 하고 누워 벽에 걸린 그의 그림을 물끄러미 바라보던 날이었다. 나는 부리나케 책장으로 다가가 다자이 오사무의『인간실격』을 꺼내 들었다. 책 표지 그림. 그림은 에곤 실레의 〈꽈리 열매가 있는 자화상〉이었다. 작품에 대한 M 출판사의 디자인 선택은 참으로 절묘했다. 책 속 주인공 요조는 아마 저런 모습이리라. 내

잠재의식 속 요조는 결국 에곤 실레의 작품 속 남자와 도플갱어처럼 느껴진 것이다. 그것이 세 번째 만남이었다. 책 속 남자 요조, 자화상이라는 그림 속 남자, 에곤 실레, 그리고 작가 다자이 오사무. 누가 누구를 더 닮았고 누가 누구를 자기 거울 속으로 끌어당기는지 모르겠다. 그들은 따로따로 각각 네 명이었다가 전체 하나가 되었다가 둘씩 짝을 지었다가 다시 각각이 된다. 다자이 오사무도 서른아홉에 요절했다. 5번의 자살 시도를 했다고 하는데 그도 참 어지간하다.

요조는 사람과의 관계 맺기에 너무나 서툴다. 아니, 서툰 정도가 아니라 인간을 극도로 두려워하여 타인들 앞에 서면 어떻게 해야 할지, 무엇을 해야 할지 몰라 쩔쩔맨다. 사람에 대한 공포가 너무 커서 어린 시절부터 그가 선택한 방법은 익살이었다. 일부러 허당처럼 보이고 몸 개그를 하고 실수를 유발하고 어릿광대처럼 익살을 부리며 때로는 천진난만한 낙천가인 척 가장도 하면서 타인과의 관계를 겨우겨우 유지해 나가는 것이다. 하기야 요조는 그래도 도덕적이다. 김영하의 『살인자의 기억법』에서 알츠하이머 환자는 살인하며 인간관계를 지속하지 않았나.

그런 요조가 자기주장을 한다는 것은 있을 수 없는 일이다. 애초에 그는 주장이라는 것을 아예 모르고 태어난 사람 같다. 생각이란 게 없고 설령 개똥 같은 자신만의 생각이 있더라도 내세우지 아니하고, 타인의 욕망에 맞추어 자신의 욕망을 제어하는 요조의 삶은 그래서 늘 불안했고 안절부절 어쩔 줄을 몰라 했다. 타인의 욕망을 욕망하는 것은 좀 더 근사해 보이는 남을 닮기 위한 현대인의 공허한 노력일 수도 있겠지만, 그는 그냥 타인들이 무서워서 그런 것이다. 혼날까 봐 미리 연막을 치고 저자세로 굽신거리는 아이 같다고나 할까. 그런 그에게도 세상을 비웃을 수 있는 철학적인 내면이 있는데도 말이다.

그러다 보니 관계에서 오는 공포를 잊기 위한 그의 선택은 술, 담배, 창녀, 전당포, 좌익사상의 형태로 나아갔다. 살기 위해서였을까. 그도 꿈틀거리는 생명이니 적어도 살아 내야만 하지 않는가. 그가 선택한 것들은 중독성이 강했다. 진입장벽이 낮은 쾌락들. 사실 좌익사상의 경우는 심오한 정신노동이 필요한 것이지만 외려 그러한 행위를 단순화해서 받아들이는 그에게는 그런 것조차도 쉬워 보였다. 그건 비합법에서 오는 자유로움이었다. 늘 법의 테두리 내에서 자신을 스스로 제어한다는 것은 얼마나 숨 막히는 일인가. 금단의 열매는 그래서 더 달콤하게 느껴지고, 금주법(The Prohibition)이 실행되었을 때 마시는 술이 넥타르(Nectar) 같은 느낌이 아니었을까. 터부(Taboo)는 금하기 때문에 터부이고 위반하기 때문에 터부인 것이다.

그는 비교적 잘생겼던 것 같기도 하다. 그러면서도 묘한 분위기를 풍기고 침울하고 우울하며 약간은 퇴폐적이고 허약하고 이해타산적인 면은 없는 것 같다. 그런 남자를 연모하는 여자들은 의외로 꽤 많다. 당당하고 강인한 합법보다는 약하고 비겁한 비합법을 품어 주고 싶어 하는 여인네들은 늘 존재한다. 모성애라고 해도 좋고 여자의 본능이라고 해도 좋다.

여자에게 심부름시키는 행위와 같은 명령을 하면 오히려 좋아한다는 깨달음을 선사한 하숙집 여자, 함께 좌익운동하면서 스토커처럼 쫓아다니며 자신을 진짜 누나라고 생각해도 된다며 그의 표현대로라면 같잖은 말을 한 여자, 동반자살을 시도했다가 자기는 살고 혼자 죽어 버린 (그의 기억에는 부정확하고 희미한 이름이지만, 죽은 여자에 대한 최소한의 예의도 없는, 그리하든 말든 어떻든 간에, 그러고 보면『이방인』의 뫼르소의 애인 같은) 쓰네코라는 죽음을 말한 여자, 빈둥빈둥하며 정부 같은 생활을 하게 해 준 여기자 시즈코, 그리고 갑자기 발기할 것 같은 욕망이 일어 결혼한 요시코. 그에겐 여자들이 들러붙었다. 그렇다고 그에게 여성 편력이 있다고 하면 곤란하다. 그는 여자에 대해서도 무엇을 해 보겠다는 구체적인 생각이 없어 보이니 그런 모습에 여자들이 다가오는 건지도 모르겠다. 외려 그는 어린 여자아이조차도 두려워한다. 시즈코의 딸인 다섯 살짜리 계집아이 시게코도 그에게 나른하면서도 천진난만한 미소를 보여 주다가 갑자기 '쇠등에를 쳐 죽이는 소꼬리'처럼 강력한 훅을 날리는 것이다. 사실 시게코는 요조를 앞에 두고 아빠를 갖고 싶다고 했을 뿐이다. 아빠가 없는 아이는 그렇게 말할 수 있는 거다. 그런 순수한 소망을 말하는 어린아이조차도 요조에게는 자신을 위협하는 불가사의한 적으로 보였던 것이다. 그에게 있어 시게코의 펀치는 마치 영화 〈오펀: 천사의 비밀(Orphan)〉의 에스터(이사벨 펄먼 분)의 엽기만큼이나 충격적이었을 것이다. 그 아이와의 사소한 대화 이후, 그는 다시는 그 모녀에게로 돌아가지 않았다.

흔히 말하는 술친구인 호리끼. 그는 요조를 '이용해 먹기 너무나 쉬운 친구'라고 생각함에 틀림없다. 요조의 돈으로 술을 사게 하고 돈 떨어지면 근처에도 가지 않다가 돈 냄새가 나면 다시 나타나는 얍삽한 인생을 사는 남자. 대개 어른들이 말하는 바로 그러한 술친구. 요조는 서로가 겉모습이 닮은 똑같은 사람들이라고 스스로 위로하며 계속 속아 주지만 실상은 얼마나 다른가. 호리끼는 요조가 아무것도 모르는 천치라고 생각하며 이용하지만, 요조는 호리끼라는 캐릭터를 이해하면서 속아 주는 것이다. 인간의 품격으로 치면 요조는 군자이고 호리끼는 소인배다. 군자가 소인배를 품는 것은 공자가 설파한 유교 사상 아니던가. 그럼에도 『채근담』에서는 "소인을 대할 때 엄격하게 하는 것은 어렵지 않으나 미워하지 않기가 어렵다."라고 했으나,[80] 우리 요조는 소인배조차도 끌어안는다. 요조는 군자였다. 자기는 인간 자격이 없으니 호리끼가 자기를 그렇게 취급해도 온당하다는 것이다.

결국 요조는 알코올 중독을 치료하기 위해 약국에 들렀다가 우연히 모르핀 주사를 맞는다. 그리고 중독된다. 중독의 결과는 정신병원에 감금되는 것이다. 요조는 자신을 미치광이로 인식한다. 그리고 그는 사회가 성해 놓은 인간상으로부터 이탈해 버렸다고, 인간이라는 격을 잃어버렸다고 고백한다. 더 이상 인간이 아니라고 말하는 남자. 행복도 불행도 아니라고 생각하며 그저 모든 것은 지나간다고 생각하는 남자. 겨우 스물일곱인데 마흔 이상으로 읽히는 남자. 요조는 그렇게 인간실격의 이름표를 스스로에게 붙인다.

소설은 요조를 아는 어느 다방 마담의 무심하면서도 애증이 깃든 말로 끝난다.

> "우리가 알던 요조는 아주 순수하고 눈치 빠르고…… 술만 마시지 않는다면, 아니 마셔도…… 하느님같이 착한 아이였어요."[81]

요조는 우리가 흔히 말하는, 법 없이도 살 수 있는 남자인 것이다. 하느님처럼 착한 사람은 천사가 아닐까. 더군다나 술에 취해 있어도 말이다. 술만 마시지 않는다면 이성적으로는 더 착한 사람이겠지만, 그런 것으로 위로받으며 사는 착한 사람도 있기 마련이다.

그는 진짜 인간의 범주에는 도저히 들어갈 수 없는 인간실격인가. 요조는 그저 흔하디흔한 우리 중 그 어느 하나가 아닐까. 그렇다. 요조는 어느 순간엔가 우리가 될 수도 있다. 아니, 우리도 요조가 될 수 있는 것이다. 누군가가 특별하거나 이례적으로 여겨지기도 하지만 관점을 미세하게라도 바꾸면 그 누군가도 사실 평범한 '우리'가 되는 것이다. 〈들장미 소녀 캔디〉에 나오는 이라이자가 못돼 먹어 보이지만, 우리 중 그 어느 누가 이라이자가 될 수 있듯이 그렇게 말이다. 요조는 그렇게 쓸쓸하게 사라져 갔다. 그리고 우리는 요조로부터 위로받는다. 요조도 어찌어찌 살아가려 했는데 우리가 못 살 이유가 어디 있으랴.

혹시 휴대전화 속에 저장되어 있는 전화번호 연락처를 일일이 넘겨 본 적이 있는가. 수많은 연락처 중에 지금 당장, 혹은 밤 10시가 넘은 시간에 아무 이유 없이 전화할 수 있는 사람은 과연 몇이던가. 있긴 있는가. 그때 자신의 존재를 부정하지는 않았던가. 형편없고 비루하고 사랑받지 못하고 소외당한다고 고개를 설레설레 저어 본 적 없는가. 무의미한 전화번호를 지워 버리자, 해 놓고선 세 개도 지우지 못하고 아까워하다가 절망감에 휴대전화를 닫아 버리지 아니하였는가. 그렇게 스스로 '아무것도 아닌 자'라는 생각이 들 때, 그래도 당신은 살아갈 수 있다. 아무리 비루해도 요조만 할까. 그로부터 위로받으라. 그리고 일어나라.

짧은 삶이 서럽다 느껴질 때

루키우스 안나이우스 세네카의 『인생의 짧음에 관하여』

잘 알려진 이야기로 글을 시작하려 한다. 버전은 다양하다. 나는 그중에서 『2010 대한민국 트렌드』라는 책에 실린 내용을 소개하고자 한다. 책에서는 느리게 사는 삶이라는 의미의 다운시프트(downshift)를 언급하면서 이 예화를 가져온다. 다운시프트는 원래 자동차의 기어를 고단에서 저단으로 변속하여 속도를 낮추는 것을 말한다. 이것을 우리 삶에 적용해 보면 분주하게 살아가는 삶의 속도를 줄이고 여유를 가지고 느리게 살아 보자는 의미가 된다. 삶에 대한 저속 변속. 덜 소유하는 방식과 자유로운 영혼으로 인간의 자존감을 잃지 않는 삶을 추구한 스콧 니어링과 헬렌 니어링의 소박하고 조화로운 삶이 줌인(zoom in) 된다. 또한 자연으로 회귀하여 무언가에 종속되지 않는 자유분방한 삶을 추구한 사색의 철학자, 헨리 D. 소로우의 『월든』과 같은 책이나 슬로 시티라는 이름이 붙은 마을들도 떠오른다. 이제 그 이야기로 들어가 보자.

한 미국인 관광객이 멕시코의 작은 어촌에서 크고 싱싱한 물고기를 잡은 어떤 어부를 만났다. 물고기에 감탄한 미국인은 더 많이 잡는 게

> 어떠냐고 제안했다. 어부는 이 정도만 해도 가족과 먹고 살기에 충분하다고 했다. 그럼 남는 시간에는 뭐 하냐고 물으니, 어부는 아침에 늦잠 자고, 애들이랑 놀고, 낮잠 자고, 저녁에 친구들과 어울려 술 마시며 보낸다고 했다. 미국인은 그렇게 살지 말고 물고기를 더 많이 잡아 배도 사고 회사도 세워 부자가 되는 게 어떠냐고 했다. 긴 세월 고생해서 돈 번 후에는 어떻게 되냐고 어부가 물으니, 미국인이 답했다. 은퇴해서 바닷가에 살면서 아침에 늦잠 자고, 애들이랑 놀고, 낮잠 자고, 저녁에 친구들과 어울려 술 마시고……[82]

세네카에 따르면 물론, 이 어부는 여가를 제대로 즐기는 것은 아니다. 결론부터 말하면 세네카식의 여가는 철학하는 것이다. 레슬링장에 앉아 오락을 즐기거나 헤어스타일을 고치고 치장하거나 작곡하고 노래를 부르거나 파티에 참석해 향연을 즐기거나 장기나 공놀이하거나 햇볕에 몸을 태우거나 쓸모없는 학문에 몰두하는 것은 모두 여가와는 거리가 멀다. 요즈음 우리가 즐기는 여가 생활의 대부분은 세네카가 보기엔 그저 시간을 낭비하는 것에 지나지 않는지도 모른다. 그에 따르면 자신의 여가를 의식하는 사람만이 진정으로 여가를 즐길 수 있다는 것이다. 자신을 의식하는 행위. 자기 내면을 들여다보는 행위. 철학일 수밖에 없겠다.

그렇다면 멕시코 어부의 삶은 세네카가 보기엔 아무 의미도 없을까. 세네카를 만나 볼 수는 없지만 그의 글을 읽어 보면 꼭 그렇지만은 아닌 것 같다. 적어도 어부는 욕망을 제어하지 못하고 이리저리 흔들리며 바쁘고 분주하게 살아가는 것은 아니다. 어부는 끊임없는 탐욕으로 매일 크고 싱싱한 물고기를 잡기 위해 하루 종일 일에 매달리진 않는다. - 대개 잉여와

저축이라는 개념이 인간을 끊임없이 노동하게 하는 경향도 있다 - 그는 물고기를 많이 잡거나 월척을 낚는 일등 어부가 되기 위해 노력함으로써 다른 사람의 판단에 좌우되기 마련인 명예욕에도 얽매이지 않는다. 청새치를 잡아끌고 오는 『노인과 바다』의 산티아고라는 노인도 그랬다. 큰 물고기를 잡았다고 우쭐해하지도 않았고 상어들의 공격으로 뼈만 남은 물고기를 보고서 좌절하지도 않았다. 또한 어부는 그렇다고 하루 종일 늘어지게 잠이나 자고 술과 쾌락에 젖어 방탕한 삶을 사는 것도 아니다. 그의 삶이 여가를 제대로 즐기는 철학적 삶은 아닐지라도 적어도 그는 자신을 위해 시간을 쓰고 낼 수 있는 삶을 살고 있다.

이것이 중요하다. 나를 위해 시간을 낼 수 있는 것. 우리는 자신을 위해서만 올곧게 시간을 낸 적이 얼마나 자주 있던가. 자신에게만 향하는 시간을 선물하기 위해서는 혼자임을 견디고, 혼자임을 즐길 수 있어야 한다. 나만의 시간을 가지기 위해서는 가끔 SNS를 사용하지 말고 스마트폰을 꺼 두어야 한다. 나를 위한 시간을 누리기 위해서는 아무도 나를 모르는 낯선 곳에 가서 무념무상으로 느리게 걸어 보는 것도 좋은 방법이다. 나를 위해서 쓸데없는 인간관계를 단절할 줄도 알아야 한다. 영원히 그렇게 해야 한다는 말이 아니다. 잠시 그런 시간도 필요하다는 말이다. 딩동, 하고 메시지 도착음이 울릴 때마다 잽싸게 확인하고 답글을 달아 주는 행위는 남을 위해 나를 소진하는 경우다. 몇 명이 읽었는지를 나타내는 숫자는 때로는 거리의 CCTV만큼이나 폭력적이다. 우리는 그런 시대를 살고 있다. 우리는 우리가 가진 시간을 헛되이 낭비하고 남을 위해 아낌없이 펴 주면서 시간 빈곤에 시달린다. 그리고 늘 이렇게들 말한다. "바빠서요." "정신이 없어서요." "내가 뭘 하고 사는지도 모르겠어요." "늘 열심히 사는데 시간이 부족해요."

세네카는 말한다. 사람들은 자신이 가진 돈이나 재산에 대해서는 남들이 빼앗아 가지 못하도록 그렇게 신경 쓰면서도 자신의 시간이나 삶에 끼어드는 타인들에게는 너그럽다고. 사실 시간 도둑이 더 위험한데도 말이다.

그래서 나는 이렇게 말하는 사람을 별로 달갑게 생각하지 아니한다.

"언제 술 한잔해요."

그에게는, 혹은 그녀에게는 그냥 한 번 툭 던지는 말일 수도 있겠지만, 내 경우는 내 시간을 그렇게 말해 주는 사람을 위해 남겨 주는 약속이 되는 것이다. 물론 언제일지는 나도 모른다. 그렇지만 그렇게 내가 남겨 둔 시간이 나 혼자 잠시라도 고민하고 만들어 내야 하는 시간이 되고, 결국 헛되이 낭비한 시간이 됨을 알고 나면 - 그다음에 만났을 때 또 그렇게 말들을 한다. "언제 술 한잔해요."- 나는 슬퍼지는 것이다. 그것이 그들과의 관계 때문이 아니라 그런 것에 공을 들인 것이 내 시간 낭비 때문이었다는 것을 알게 해 준 세네카에게 감사하다.

그러다 보니 세네카는 인생이 꼭 짧은 것은 아니라고 한다. 자신에게 주어진 시간을 그저 놀리거나 흘려버리지 말고 남의 지배를 받지 말고 자신을 위해 가장 알뜰하게 관리하면 시간이 넘쳐난다고 한다. 자신의 시간을 헛되이 보내거나 남에게 빼앗긴 사람들이나 시간이 부족하고 인생이 짧다고 느끼는 것이다. 인생이 왜 이렇게 짧고 시간이 왜 이렇게 빨리 가는지 서러운 감정이 생길 때마다 자신의 시간을 돌아보도록 하자. 나는 내 시간을 잘 쓰고 있는가? 나를 위해 시간을 올곧게 쓰는가? 시간은 생을 제대로 사는 것이다. 그저 생존한 것은 내 시간이 아니었음을 그는 멋진 비유로 일갈한다. 그래서 광산이나 건물 등이 무너지고 오랜 시간이 지나 그곳에 갇힌 사람들이 구출될 때 우리는 생존자, 라는 표현을 쓰는 것이 아닐까. 그 하루하루가 지옥인 곳에서 생물학적으로 살았다는 것도 옳은 말이겠지만, 철학적으로는 생존한 것이다.

> "그대는 백발과 주름살만 보고 어떤 사람이 오래 살았다고 믿어서는 안 되오. 그는 오래 산 것이 아니라 오래 생존한 것뿐이니까요. 출항하자마자 사나운 폭풍에 이리저리 밀려다니다가 서로 다른 방향에서 미친 듯 불어오는 바람 탓에 같은 수면 위를 빙빙 돌던 사람을 긴 항해를 해냈다고 생각한다면 터무니없는 일이 아닐까요? 그는 긴 항해를 한 것이 아니라 많이 들까불렸던 것이지요."[83]

들까불다는 '키질하듯이 위아래로 몹시 흔들다'라는 뜻이다. 같은 곳에서 들까불렸던 삶을 온전히 살았다고 하기엔 그 인생 참 허망하기도 한 것 같다. 안타까운 것은 대부분이 들까불리며 살아간다. 눈물 나지만 그게 인생이다. 중요한 것은 자신이 그렇다는 것을 인식하는 것이다. 인식은 도전을 추구한다. 그렇게 우리는 여행을 하거나 일탈을 하거나 의미 있게 들까불리도록 노력할 수 있다. 수직, 수평 운동을 혼용하거나, 혹은 사선으로, 때론 나선으로, 원무를 추면서, 곁눈질하면서 들까불림의 곡예를 다채롭게 할 수 있는 것이다.

세네카는 더 충만하고 긴 인생을 위해 카르페 디엠(Carpe Diem)에 대한 말도 자주 한다. 참 이상하기도 하다. 마치 카르페 디엠, 이라는 말이 현실에 짓눌리고 찌든 현대인들에게 주는 오늘날 경구처럼 느껴지는데,

예로부터 많은 현인이나 철학자들이 오늘을 열심히 살아 보라는 말을 무척이나 자주 했다.(이 주제에 대한 더 자세한 내용은 이 책「지금 여기를 즐기지 못할 때」를 다시 읽어 보시길 바란다) 내일은 알 수 없는 것이다. 내일을 위해 오늘을 전적으로 희생하는 것은 그래서 의미가 없다. 예전에는 그렇지 아니하였다. 미래의 행복을 위해 오늘을 희생하는 것이 아름다운 미덕으로 여겨지기도 했다. 그런데 그 미래가 꼭 올 수 있을까. 모른다. 미래는 흐릿하고 불확실하다는 믿음으로 허무주의에 빠져 지금을 막 사는 사람들도 있겠지만, 현인들은 오늘을 즐기라(Seize the day)고 했지, 낭비하라고 한 것은 아니다.

그렇게 따지면 서른에 무엇을 하고 마흔에는 무엇을 하고 예순 이후에는 은퇴하여 한가하게 살고 싶다는 목표 같은 따위의 '계단식 꿈'은 의미가 없는 것이 된다. - 또 멕시코 어부 이야기가 떠오른다 - 그때까지 산다는 보장도 없고 또 그렇게 살기 위해서 유보되고 참아야만 하는 현실도 너무 많다. 그렇게 생각하면 버킷리스트도 의미가 없이 느껴질 수도 있다. 무언가를 몇 년에 꼭 이루고 말리라, 하는 것이 무슨 가당찮은 소리인가. 지금도 힘든데 오지 않을지도 모를 그날을 위해 삶을 참아 내야 하는 것인가.

세네카가 한 말이 그런 말은 아닐 것이다. 다시 이전의 이야기로 되돌아가면 그가 경고한 것은 시간 관리에 대한 말이다. 현재 자신의 삶에 충실할 때, 자신의 여가를 철학하는 삶으로 그득 채우며 열심히 살아 낼 때, 가끔은 미래의 그리움을 선금으로 당겨 쓸 수 있는 것이다. 우리가 버킷리스트를 작성하고 그 꿈의 달콤함을 미리 맛보기 위해서는 지금도 열심히 살아가야 한다. 지금의 삶은 어쩌면 과거에 우리가 바라 마지않았던 버킷리스트의 한 목록이었지 않았을까.

그리고 그는 카르페 디엠에 대해 이렇게도 말한다. 속이 다 시원하다. 내가 하고 싶은 말을 대신 해 주는 듯하다. 인식 지평의 유사점이라고나 할까. 사실 내가 그의 사상을 닮았다고 하고 싶지만, 사실 그것은 아닐 것이다. 그는 기원전 4년경에 태어나 기원후 65년에 세상을 떠났으니, 그와 나는 약 2천 년의 간격을 두고 있으니 말이다. 아마도 그의 말에 내가 공감하여 내 마음의 이야기인 듯 착각하는 것은 그의 말이 누군가에게 전해지고 또 누군가에게, 또 누군가에게 전해지다가 우연히 내 생각에 영향을 미쳤고, 이제 내가 지금 그를 대면한 것이 맞을 것이다. 그래서 고전을 읽으면 그 이후의 나머지는 주석에 불과하다. 다시 말해 고전은 가장 현대적인 것이 된다. 내 맘속 같은 그의 말을 들어 보자.

> "기대야말로 내일에 매달리다가 오늘을 놓쳐버리게 하니 인생의 가장 큰 장애물이지요. (…) 미래는 모두 불확실한 법이오. 현재를 살도록 하시오!"[84]

세네카는 로마 제정 초기, 스토아학파의 주요 철학자였다. 스토아 철학은 헬레니즘 시대의 주요 사조로서 소크라테스의 영향을 받았다. 소크라테스 철학은 에피쿠로스학파와 안티스테네스의 키니코스학파(견유학파)에 영향을 미쳤고 견유학파는 다시 스토아 철학에 영향을 준 것이다. 스토아 철학은 인간이 가지고 있는 이성의 질서를 중요시하여 세속적 행복, 비이성적 욕망, 육체적 탐닉과 본능, 물질적 풍요 등을 멀리하고 정신적인 가치를 추구하면서 어떻게 살 것인가에 초점을 맞춘 사상이다. 그러다 보니 세네카의 철학은 사람들에게 이성을 따르는 지혜와 도덕적 교훈을 심어 주는 경구들로 가득하다. 삶을 대하는 철학적 이성과 지혜가 뒷받침된다면 우리는 흔들리지 않고 바르게 살 수 있을까. 그는 그렇다고 본 것 같다. 그런 그가 폭군 네로의 명에 의해 자살할 수밖에 없었을 때의 심정은 어땠을까? 그는 카뮈식의 철학적 자살을 할 수 있었을까? 아니면 더 살고 싶은 욕망에 흔들렸을까?

책을 읽다가 좋은 구절을 만나면 옆 여백에 간단히 메모를 하기도 한다. 그건 밑줄 긋기를 넘어서는 텍스트에 대한 애정이다. 그런데 가끔 다음과 같은 문장들을 만나면 여백에 무엇을 적을지 난감하다. 너무 좋아서이다. 그럴 때마다 나는 잠시 고민하다가 '캬'라는 글자 한 자만 적는다. 그 '캬'는 내가 좋아하는 에일 맥주 기네스의 첫 한 모금을 마실 때의 느낌이다. 이쯤 되면 육체적 욕망도 무시할 수 없다. 내가 기네스 한 잔을 들이켤 때의 그 느낌과 연금술같이 아름다운 철학적 경구의 느낌이 비슷하게 여겨진다면, 나는 세네카 그 어르신에게 요놈 소리 들을까.

> "우리가 사는 것은 인생의 일부분에 지나지 않는다." 그 나머지는 삶이 아니라 그저 시간일 따름이지요.[85]

그래도 좋다. 호통을 들어도 나는 이 문장에 '캬' 하고, 입안 가득 첫 거품이 넘치는 기네스 마신 후의 느낌을 말할 수밖에 없다. 세네카 덕분에 나는 나의 진짜 '삶'과 생존을 위한 '시간'을 분별할 수 있는 지혜가 생겼다. 내가 사는 것이 비록 인생의 일부분에 지나지 않을지언정 내가 더 잘 살아가면 그 삶의 면적은 더 넓어질 것이다. 나머지 시간은 그 맥주를 마시고 난 후 컵에 남아 있는 거품 같은 그런 게 아닐까. 내 삶으로부터 빚어낸 파편 같은 것이 아닐까.

의미 없는 순간들을 견디지 못할 때

밀란 쿤데라의 『무의미의 축제』

밀란 쿤데라의 글을 읽다 보면 이런 생각이 든다. '평범한 것을 평범하지 않게, 뻔한 것을 뻔하지 않게 말하는 작가라고.' 그건 정말 대단한 재주다. 호불호가 있겠지만, 그를 만나지 아니하였다면 몰라도 일단 그를 한 번 만나면 다시 만나지 아니할 수가 없을 것 같다. 나는 그를, 그의 글쓰기 방식을 사랑한다.

밀란 쿤데라는 2023년 7월 11일에 타계하였다. 향년 94세였다. 좋아하는 사람은 가끔 의심이 들면서도 늘 그 자리에 있는 것을 당연하게 받아들이는 습성이 있다. 밀란 쿤데라가 그러했다. 그가 죽었다는 소식을 듣고 마음이 아팠다. 영원히 살 수 있는 사람은 없지만, 어느 날 갑자기 사라졌다는 생각이 들면 콩팥 하나가 없어진 느낌이다. 그날 나는 '마음이 처진 그넷줄처럼 내려앉는다'고 썼다.

예전 청춘을 정면으로 관통하는 삶을 추구했던 시절에는 프라하, 하면 블타바강이나 카를교를 배경으로 나른하게 누워 있는 야경을 떠올렸다. 사르트르의 실존주의를 알고 난 후에는 프란츠 카프카를 더듬어 찾아갔고, 기어이 프라하성 황금소로 22번지 카프카 집필실을 방문해 『변신』 영문판을 구입하기도 했다. 그리고 어느 날인가부터 프라하라는 도시에 밀란 쿤데라가 추가되었다. 그것은 1968년 '프라하의 봄'이라는 민주화 운동에 참여한 그의 이력 때문이다. 제목을 들었을 때는 그저 말랑하게만 느껴졌던 그의 저서 『참을 수 없는 존재의 가벼움』을 통해 프라하의 봄을 진지하게 알게 되었다. 통속적인 것 같으면서도 철학적이고, 교훈적이면서도 문학적이고, 몽환적이면서 정치적이고, 에로틱하면서도 사색적인 그 책은 그의 문체와 스토리텔링 기법을 제대로 보여 준다고 생각한다.

때로는 갑자기 생각지도 못한 발상을 할 때가 있다. 『무의미의 축제』를 다시 읽은 가을날 해 질 녘쯤, 어느 익숙한 공원 계단을 내려올 때 이제껏 한 번도 생각해 보지 못했던 생각을 생각했다. '나는 아무것도 아닌 존재라고.' 그건 충격이었다. 살면서 늘 특별하게 살려 했고 진부한 세상과는 일정한 거리를 떨어뜨린 사람이라 자인했다. 그 나르시시즘에 별안간 균열이 생긴 것이다. 내가 추구해 왔던 삶과, 내가 추구하려는 삶이 그리 유난하지 않다는 깨달음은 실로 신선했다. 많이 가벼워졌다. 어차피 중력이라는 개념으로 볼 때, 무거운 것과 가벼운 것의 낙하 속도는 같으니 가볍고 평범하게 사는 것이 그리 나쁜 일이 아님을 깨달았다. 마음의 짐을 덜어 홀가분해진 것이다.

우리는 모두 이 세상에 내던져졌다. 피투성(被投性). 벌거벗은 실존에 무언가의 의미 있는 '나다움'을 채워야 한다. 그것이 바로 본질이다, 라고 사르트르는 말한다. 나를 나로서 규정하는 것. 이러한 유의미한 생의 작업이 개인의 개별성을 도드라지게 해 준다. 만일 우리의 알몸뚱이 그 자체가 실존의 상태라면 무언가를 채우고 무언가를 배우고 또 무언가를 노력해 이런 사람이 되거나 저런 사람이 되는 것은 개인의 선택 의지에 달린 것이다. 기회를 부여받는 것은 위대한 권리일 수도 있겠지만, 수동적인 성향을 지닌 사람들에게는 얼마나 귀찮고 피곤한 일인가. 그냥 어떤 형태로 상징되거나 채워 나가는 권리를 부여하지 말고 알아서 만들어 주고 명명해 주면 그대로 살 수 있을 텐데 말이다. 중세 시대의 사람들이 신에 대한 절대적인 복종과 믿음으로 사는 것을 삶의 본질이고 당연한 것으로 받아들인 것처럼 그렇게 말이다. 나는 늘 나 자신을 더 특별한 존재로서의 본질로 채우려 했다. 그리고 그게 절대적으로 의미 있는 삶이라고 생각했다.

유의미함이 우리의 목을 조를 수 있는 것은 좀 더 근사한 차별성을 가지고 살아가는 것을 개인의 주체성이나 단 하나뿐인 자아로 규정하는 개인주의라는 이름으로 이상화된 사회의 강요와 규범 때문일 수도 있다.

밀란 쿤데라의 『무의미의 축제』는 이 점을 주목한다. 하찮고 의미 없다는 것이 외려 존재의 본질이라는, 그리고 그런 것들을 적극적으로 사랑하는 것이 의미 있는 삶이라는 것을.

우리가 세상에 태어나는 것에 대해 선택의 권리가 없다는 것이 이미 무의미의 논리 출발점이다. 부잣집에 태어나거나 남자로 태어나거나 대한민국 국민으로 태어나는 것을 고를 수 없다는 것은 역으로 그렇게 태어날 때부터 사회의 우위를 획득하는 것에 대한 의미를 한낱 별 볼 일 없는 수준으로 끌어내릴 수 있는 당위성이 된다. 로또 당첨과 무당첨이 어디 의미 있는 일이던가. 그냥 운이 좋았을 뿐이다. 그러니 부러워할 필요도 없고 존경할 필요도 없다. 다 무의미가 벌인 축제일 뿐이다.

그러다 보니 개인적으로 고위층이니 높은 사람이라는 표현을 좋아하지 않는다. 단지 저마다 하는 일이 다를 뿐, 의미 없을지도 모를 개인적 삶의 선택에 불과하다. 기껏 양보하면, 어떤 일이나 정책을 결정했을 때의 영향이 더 많은 사람들에게 미치는지 미치지 않는지가 기준이 될 뿐이다. 지배층-피지배층의 도식도 마찬가지이다. 누가 누구를 지배하고 지배받는다 말인가. 역설적으로 선거 등을 통해 특정한 어떤 사람을 사회에 영향을 더 많이 끼치는 자리에 올려놓는 힘을 보여 주는 유권자들이 지배층이 아니던가. 그래서 인간 사회에는 불가능한 논리겠지만, 굳이 낮고 높음을 가려야 한다면 그 사람의 인격이나 품격으로 구분해야 하는 것이 옳다고 본다. 어쩌면 그것조차도 무의미할 수 있겠지만.

그래서 작가는 배꼽이 중요하다고 말한다.

여자의 엉덩이, 허벅지, 가슴 등이 특정 여인의 개별성을 인지하고 구별하게 하는 성적 매혹이라지만, 배꼽은 대개 저마다의 차별성을 나타내 주지 못하는 것으로서 인류 공동의 숙제인 종족 보존의 상징물처럼 여겨지니 말이다. 개별성이 없는 성적 메시지는 - 배꼽을 드러내는 여인의 모습은 섹시하게 비쳐질 수도 있을 테니까 - 결국 생명 탄생이라는 집단적 연대감을 심어줄 테니. 공정한 평등 말이다.

그러니 차이나 우월, 열등감, 독특한 자아, 나르시시즘 같은 것은 배꼽의 영역 내에서는 모두 무의미해지는 것이다.

오히려 세상의 무의미함을 인정할 때 비로소 의미 있게 살아갈 수 있다. 옴팡 들어가 때가 살짝 낀 배꼽을 인정하면 풍만한 가슴으로부터 감사함을 배울 수 있듯이, 그렇게 말이다.

배꼽에 대해 알랭은 이렇게 말한다.

"허벅지, 가슴, 엉덩이는 여자들마다 다 형태가 달라. 그러니까 이

황금 지점 세 개는 단지 흥분만 불러일으키는 게 아니고, 그와 동시에 한 여자의 개별성을 나타내 준다고. (…) 그렇지만 배꼽을 가지고 이 여자가 내가 사랑하는 여자라고 말할 수는 없어. 배꼽은 다 똑같거든."[86]

라몽은 의미 없음에 대해 이렇게 말한다.

"이제 나한테 하찮고 의미 없다는 것은 그때와는 완전히 다르게, 더 강력하고 더 의미심장하게 보여요. 하찮고 의미 없다는 것은 말입니다, 존재의 본질이에요. 언제 어디에서나 우리와 함께 있어요."[87]

『농담』은 밀란 쿤데라의 첫 장편소설이다. 엽서에 농담 한마디 잘못 쓴 게 농담으로 받아들여지지 않아 인생이 제대로 꼬여 버린 루드비크라는 남자에 관한 이야기다. 『무의미의 축제』는 그의 마지막 작품이다. 처음과 끝을 연결해, 만일 농담 한번 잘못한 그 남자가 이 책에서 다시 등장한다면 라몽에 의해서 구제받을지 모르겠다. 엄숙하고 진지하기만 한 사람들은 농담조차도 의미 있는 것으로 받아들이겠지만, 라몽은 그것을 무의미한 것으로 간주하고 그렇게 말한 루드비크를 껴안아 줄 수도 있을 것이다. 무의미함도 사랑할 수 있다면 사랑하지 못할 게 어디 있을까.

이제 알겠다. 가을날 공원 계단에서 '아무것도 아님'을 자각하고 오히려 몸과 마음이 가벼워짐을 느꼈을 때, 그때 이미 나도 하찮고 의미 없는 것들을 사랑할 준비가 된 것이다. 무의미의 축제를 즐길 준비가 되었던 것이다.

어떻게 살아야 할지 모를 때

레프 톨스토이의 『고백록』

그런 날이 있다. 토요일 아침, 약속은 없지만 좋은 일이 있을 거라는 막연한 기대감을 품고 백팩을 하고 집을 나선다. 현관 밖을 나서는 순간 무엇을 할지, 어디를 갈지 난감한 상황. 가방 안에는 다행히도 책 한두 권이 들어 있는데…… 카페에 가서 책을 읽을까. 어디라도 갈까. 무엇을 할까. 질서정연해 보이지 않지만, 이것은 어떻게 살아야 하는가에 대한 소소한 예시다.

낯선 외국의 어느 도시로 여행을 떠나면 어떻게 하루를 살아야 하는지에 대한 물음에 단순하게 대답할 수 있어 좋다. 내가 생각하는 거라곤 고작 오늘은 어디를 가고 무엇을 하고 뭐를 먹을까, 이 세 가지에 국한되니 말이다. 그러나 토요일 아침, 마땅한 일정 없이 한두 권의 책이 들어 있는 가방을 메고 집을 나선 나는 실존적 고민에 빠진다. 친구를 만날까, 좀 걸을까, 다시 집으로 들어갈까, 그래 놓고선 선택지는 자주 카페다. 나를 반기는 아메리카노 한 잔에 위로받으며 책장을 펼친다. 그 안에서 마치 어떻게 살아가야 하는지에 대한 해답을 찾을 수 있는 것처럼.

야마구치 슈의 『철학은 어떻게 삶의 무기가 되는가』를 보면, 철학은 크게 두 갈래로 발전해 왔다고 한다. 하나는 이 세상이 무엇으로 이루어져 있는가에 대한 물음이고, 다른 하나는 어떻게 살아야 하는지에 대한 인간 실존에 대한 물음이다.[88] 소크라테스 이전의 고대 그리스 철학은 대개 세상의 구성요소에 대한 의문에서 시작했는데, 밀레투스학파의 창시자인 탈레스의 '만물의 근원은 물이다.'라는 말은 널리 회자되어 왔다. 그 외, 아낙시만드로스, 아낙시메네스, 피타고라스학파, 헤라클레이토스, 파르메니데스, 앰페도클레스 등이 저마다 자신의 상상력을 동원하여 의견을 피력했지만, 오늘날 우리가 보면 그 철학적 주장들은 참 공허하게 들린다. 과학의 진보는 'What'에 대한 사고체계를 바꾸어 버린 것이다.

그렇다면 'How'는 어떠한가. 수많은 철학자들이 이 문제에 천착해 오며 자신의 목소리를 내 왔고 지금도 찾고 있다. 그것은 어떻게 살아야 하는지에 대한 물음에 아직 명확한 답을 찾지 못했다는 것이다. 삶이 공리적 해석으로 정리될 수 있다면 더 이상의 철학적 사족은 필요 없을지 모른다. 어떻게 사느냐는 물음은 그래서 치명적인 킬러문제이다. 그것도 분명하게 똑 떨어지는 답이 정해져 있지 않은 난제라고 할 수 있다. 톨스토이도 이 문제에 도전장을 던졌다.

톨스토이의 『고백록』은 그의 불세출의 저작 『안나 카레니나』, 『전쟁과 평화』를 스스로 대단한 업적으로 여기지 않을 만큼 삶의 목적이나 방향성에 대해 정신적 의미를 겪은 다음에 쓴 책이다. 그래서 이 책은 『사람은 무엇으로 사는가』, 말년의 명작 『이반 일리치의 죽음』, 『부활』과 그 맥락을 같이한다. 방종과 타락, 부르주아의 삶을 회개하고 단 한 번뿐인 인생을 어떻게 살아야 할지 고민하여 내놓은 그의 답은 결국 신앙이었다. 그렇지만 그것은 단순히 기존의 종교적 믿음은 아니었다. 오히려 그는 교회의 권위를 부정하고 그리스도교적 무정부주의자가 되어 그의 책들은 판금되고 끝내 정교회로부터 파문당한다. 그래서 이 책은 단순히 종교적인 내용이 아니다. 외려 종교를 넘어서는 종교 그 이상의 고뇌가 엿보인다.

사회가 정해 준 인생 스케줄에 따라 결혼하고 아이를 낳고 풍족하고 부유한 가정생활을 하던 그는 어느 날 삶이 정지된 것처럼 느껴졌고 '인생은 무엇이고 어디로 가는 것인가'라는 의문이 들기 시작했다. 살아 있을 때 진정으로 해내고 싶은 일이 없었고, 설령 있더라도 해 봤자 의미가 없다, 라는 생각이 들었기 때문이다.

그랬다. 대문호도 존재의 이유에 대해 쉽사리 답을 찾지 못했던 것이다. 안도감이 들었다. 내가 가진 고민을 톨스토이도 어찌하지 못하고 궁극적 불안에 내몰렸다고 생각하니 묘한 쾌감과 숙명 같은 동질감이라는 감정이 동시에 밀려들었다. 인생이라는 숙제 앞에 함께 어린 학생이 된 기분이었다. 책 속으로 더 빠져들었다. 그가 찾은 답을 빨리 알고 싶어졌다.

그는 학문에서 인생의 목적과 방향성에 대한 답을 구해 보기로 했다. 크게 수학으로 대표되는 실험 학문과 형이상이 정점인 추상 학문으로 나누어 질문을 던져 보았다. 실험 학문은 분명하고 정확한 답을 내놓기는 하지만 인생에 관한 질문을 인정하지 않았고, 추상 학문은 의문은 인정하지만 대답을 해 주지 않는다는 것을 발견했다. 수학에서 인생의 의미를 찾으려 했다니, 그도 참 절박했다는 생각이 든다.

이제 톨스토이는 먼저 산 현인들로부터 해답을 찾고자 했다. 어떤 현인이었을까. 소크라테스, 쇼펜하우어, 솔로몬, 석가모니 같은 사람들이다. 그들의 답변에 대한 기대가 얼마나 컸을까. 이름만 들어도 그들은 삶의 의미에 대해 답을 갖고 있을 것 같았다. 그들로부터 무엇을 배웠을까. 안타깝게도 모든 것은 헛되고 헛되다는 것. 산다는 것은 곧 고통이라는 것이었다. 이 정도면 허무주의의 극치다. 이 세상에 잠시 다녀간다는, 소풍을 왔다 간다, 라는 말은 그래서 생긴 걸까.

그래서 톨스토이는 자신의 처지와 비슷한 사람들에게 방향을 돌려 보기로 한다. 그 사람들의 삶을 분석하고 그들이 인생을 살아가는 방법을 네 가지 유형으로 나누어 정리해 보는 것이다. 그의 분류를 따라가다 보면 무릎을 '탁' 치게 된다. 더 생각해 봐도 그 외에는 없을 것 같다. 그가 분류한 네 가지 삶의 양상은 다음과 같다.

허무와 인생의 무상함으로부터 벗어나는 첫 번째 삶의 방법은 '무지'다. 무지라는 것은 삶의 부조리를 깨닫지 못하는 것을 말한다. 그냥 하루하루 허투루 대충 살아가며 육체적인 욕망을 충족시키는 것이다. 삶의 의미에 대한 문제는 생각해 보지 않는다. 혹시 생각이 나더라도 금방 잊을 것이다. 달리 생각하면 이 부류의 사람들이 제일 행복할지도 모른다. 모르고 사는 게 때론 약이다. 지인이 내게 말했다. "인문고전 너무 읽지 마. 삶이 허무해져." 그가 옳다는 생각도 해 본다. 독서는 방향을 잡아 주기도 하지만 때로는 고장 난 내비게이션 같으니 말이다. 톨스토이는 동양의 옛 우화를 소개하며 욕망으로 그때그때의 위기를 무시하고 넘겨 버리는 무지한 삶을 애처롭게 바라본다. 우화의 내용은 대충 이렇다.

> 어떤 나그네가 맹수를 피해 우물 속으로 도망갔다. 그런데 우물 바닥에 용 한 마리 있는 것을 보았다. 진퇴양난. 그는 내려갈 수도 없고 올라갈 수도 없어서 우물 중간의 틈새에서 삐져나온 나뭇가지를 붙잡고 매달렸다. 그런데 그때 쥐들이 나타나 나뭇가지를 갉아 먹기 시

작했다. 나그네는 자신이 죽을 운명임을 절감했다. 그러나 그 와중에도 나뭇가지 잎사귀에 꿀이 있는 것을 보고 그 꿀을 맛있게 핥아먹었다.[89)]

두 번째 방법은 쾌락주의다. 쾌락주의는 우리 주변에 존재하는 달콤한 꿀을 최대한 많이, 최대한 맛있게, 최대한 적극적으로 핥아먹는 것이다. 이는 대다수 사람이 살아가는 방식이다. 식욕과 성욕으로 대표되는 쾌락은 삶을 살아가게 하는 동력이 된다. 사람을 만나 먹고 마시고 떠들거나 이국의 여행지로 떠나 즐거움에 도취되거나 넷플릭스 드라마를 정주행하거나 섹스 중독에 빠지거나 담배와 커피를 세트로 영접하는 것 등, 이 모든 게 쾌락과 관련을 맺는다. 그렇다면 정신적 쾌락은 어떤가. 책에 빠져드는 것. 그것도 겨우 쾌락에 불과한가. 좌절감이 몰려온다. 카페에 가서 책 읽는 행위가 겨우 쾌락을 위해서일까. 그건 아닐 것이다.

세 번째 방법은 힘으로 해결하는 것이다. 이는 부조리한 습관을 단번에 끝내 버리는 자살을 의미한다. 아무나 할 수 있는 방법은 아니고 아주 소수만이 실행한다. 톨스토이 사후 3년 후에 태어난 알베르 카뮈에게 이 방법은 너무나 어리석게 들렸을지 모르겠다. 삶의 궁극적인 의미를 탐구하고자 하는 인간의 호소와 열망에 대한 세계의 불합리한 침묵으로부터 발생하는 부조리를 극복하는 방법은 굴러떨어진 바위를 다시 정상으로 묵묵히 끌어올리는 시지프 같은 반항이다, 라고 그는 생각했다. 삶이 부조리하다고 해서 자살하거나 종교로 도피하는 것은 그에게는 치욕적이다. 부조리한 운명에 대항하는 것이 인간의 존재 이유이고 거기에서 살아가는 의미가 나오는 것이다.

마지막 방법은 약함이다. 삶은 허무하지만 원래 우리 생이 그러하니 그 안에서 삶의 의미를 찾아보고 매달려 보는 것을 말한다. 여기에는 인생에 대해 고민하는 사람들이 포함된다. 학자들이나 사상가들, 소위 철학적 사유를 시도하는 사람들의 부류다. 그러고 보면 정신적 쾌락이라고도 할 수 있는 독서를 통해 삶의 심오한 그 무언가를 찾아내려는 사람들도 이 범주 안에 들 수도 있겠다.

나는 어디에 속할까. 아마 두 번째와 네 번째인 것 같다. 두 번째 방법에 몰입되면 네 번째를 잊고 살아가는 게 문제지만, 이 글을 쓰는 이 순간은 더 나은 삶에 대한 희망을 가지니 말이다.

앞에서도 언급했지만, 톨스토이는 결국 신앙에서 답을 구했다. 책 속에서 인생의 답을 찾으려다 실패하고 결국 수녀가 되려 했던 지인이 떠오른다. 인간의 유한한 실존에 무한한 의미를 부여하는 것이 신앙밖에 없다는 그의 논리는 이렇다.

> 유한한 것의 허구성을 보지 못하고 깨닫지 못하는 사람들은 유한한 것을 믿고 살아갈 수 있습니다. 하지만 유한한 것의 허구성을 깨달은 사람들은 무한한 것을 믿지 않을 수 없게 됩니다. 인간은 신앙이 없이는 살아가는 것이 불가능하기 때문입니다.[90]

고개가 끄덕여진다. 더군다나 그의 신앙이 기존의 교조적인 종교에 대한 무조건적 편입이 아니라 삶의 쾌락을 멀리하고 경건하고 겸손하고 이웃을 사랑하고 소박하게 일하며 살아가는 삶처럼 원시종교의 색채가 나서 좋다. 그의 신앙이 마음에 든다. 그럼에도 나는 아직 특정 종교에 귀의

할 수는 없을 것 같다. 불가지론자에서 신의 존재를 전적으로 인정하는 믿음으로의 도약도 쉬운 일은 아닐 것이다. 여전히 내 마음속에는 사르트르와 카뮈가 살고 있으니 말이다. 그래서 나는 여전히 불안하다. 아쿠타가와 류노스케는 '막연한 불안'으로 자살했다던데, 그의 불안도 나의 불안과 같은 것이었을까. 이 삶을 이렇게 끝낼 정도로 나는 염세주의자는 아니다. 세상이 답을 주지 않으면 때로는 그냥 무시하며 살기로 한다. 시험 상황에서 풀지 못하는 문제가 항상 존재하듯이, 인생의 킬러문항을 인정하는 것도 하나의 방법이다. 짐짓적으로 반항하는 것. 그러다 보면 좀 더 나은 날들이 오겠지.

몇 년 전에 앙리 마티스 전시회에 다녀왔다. 그림들 배경 벽면에 이런 글귀가 있었다.

> "나는 항상 내 노력을 숨기려고 노력했고, 사람들이 내가 작품을 위해 얼마나 많은 노력을 기울였는지 결코 추측하지 못할 정도로 내 작품이 봄날의 가벼운 기쁨을 가지고 있기를 바랐다."

나도 우리네 삶이 저마다 인생의 의미를 부여잡고 봄날의 가벼운 기쁨으로 가득 찼으면 좋겠다.

마지막으로 톨스토이의 『고백록』과 함께 읽으면 좋은 책을 소개해 보아야겠다. 신앙으로 귀환한 그처럼 다음 책도 신앙적인 측면이 언급되는 게 그저 놀랍다. 에밀리 에스파하니 스미스는 『어떻게 나답게 살 것인가(원제: The power of meaning)』에서 삶을 의미 있게 지탱하게 해 주는 4가지 방법을 소개했다. 다른 사람들과 긍정적인 방식으로 관계를 맺고 유대감을 느끼는 것(유대감), 시간을 쏟을 가치 있는 일을 찾는 것(목적), 자신과 세상을 이해하는 데 도움을 주는 이야기를 만드는 것(스토리텔링), 자기 상실이라는 신비로운 경험을 해 보는 것(초월)이 그것이다. 결국 삶은 대부분 곧, 사람이다.

잘못 살아가고 있다는 생각이 들 때

알베르 카뮈의 『전락』

버스정류장 앞에서 한 노파가 쪼글쪼글한 손을 내민다. 이천 원만 있으면 버스를 탈 수 있는데 지금 돈이 없다고 한다. 집까지 걸어가려면 두 시간이 족히 걸린다고 하는데, 바람도 차다.

많은 행인들이 못 듣거나 못 들은 척하거나 듣고 싶지 않은 마음으로 제 갈 길을 간다. 그들에게 이천 원은 아무 의미가 없는 금액이지만 적선을 회피하는 나름의 이유들은 제각각이다. 인색함, 개인주의, 무관심, 방관, 귀찮음, 거짓말일 거라는 판단, 구걸하는 행위를 개인적인 무능함으로 돌리는 구걸에 관한 생각 차이 등.

다음 날 지역방송에서 도로를 따라 걸어가던 그 노파가 차에 치여 사망했다는 뉴스가 나온다. 그 정류장에서 노파의 도움을 거부했던 행인 중 하나가 우연히 그 뉴스를 보게 된다면 어떤 생각이 들까. 아무런 느낌도 없을까. 양심의 가책이 들까. 아니면 그 상황을 자신과 연결하는 일종의 죄책감이 어처구니없다고 여길까. 사람마다 다르겠지만, 적극적인 가해가 아닐지라도 스쳐 지나갈 듯한 수동적인 방관에도 비극적인 결과에 따라 후회와 자책으로 환청이 들릴 수도 있다.

『전락』의 등장인물 장바띠스뜨 끌라망스가 그런 사람이다. 『예루살렘의 아이히만』이라는 책에서 한나 아렌트가 제시한 '악의 평범성'이라는 개념은 아무 생각 없이 행하는 일상에서의 평범한 행위가 악행의 원인이 될 수 있음을 지적한다. 끌라망스가 전락한 이유는 폭넓게는 악의 평범성이 될 수 있다. 그리고 이것으로부터 자유로울 수 있는 인간은 별로 없다.

'전락'은 나쁜 상태로 굴러떨어짐을 의미한다. '에피파니(Epiphany)'가 순간의 깨달음으로 긍정적인 방향성이라면, 전락은 타락의 길로 들어섬을 말한다. 제임스 조이스의 『젊은 예술가의 초상』에서 스티븐은 치마를 허리까지 들어 올려 허벅지가 거의 엉덩이까지 드러난 소녀의 모습을 보고 갑작스러운 깨달음을 얻고, 종전 자신의 삶은 위선이었으며 앞으로는 예술가로서의 삶을 살기로 결심한 장면이 나온다. 그는 소녀로부터 느낀 관능적인 황홀감을 통해 이제껏 당연하다고 믿어 왔던 성직자의 길을 걸어가려 했던 거짓된 자신의 마음에 피로감을 느꼈던 것이다. 이것이 에피파니다. 뉴턴의 사과나 원효대사의 해골바가지의 물도 에피파니를 이끌어 낸 매개체다. 이에 반해 『전락』의 끌라망스는 파리의 센 강 다리 위에서 젊은 여성의 자살을 방조한 기억으로 서서히 전락하기 시작한다. 그것도 어떤 깨달음이나 각성일 수도 있고 촉매제로서의 기억일 수도 있다. 계기도 문제지만 나빠지는 게 핵심이다.

그렇다면 그는 왜 그 사건으로부터 벗어날 수 없었을까. 그냥 무시하고 살면 되지 않았을까. 후회, 죄책감, 집착, 회한의 감정 따위는 개나 줘 버리라지. 그러나 그는 전혀 그에게 속하지 않았던 감정들을 개에게 던져 주지 못하고 온전히 자신의 참모습과 대면하고 말았다. 사실 그가 살아온 삶은 남의 불행을 무시하고 외면할 만큼 찌질하지 아니하였다. 외려 그의 삶은 하늘을 날 듯한 성공한 삶이었다. 〈거위의 꿈〉의 거위나 〈오리 날다〉의 오리의 꿈이 아니라 실제로 날아오른 삶이었다.

그래서 그는 그 여성을 차디찬 강물에서 끌어 올려 구했어야 했다는 자책이 강렬했던 건가. 그가 살아온 인생 여정은 그런 외면의 삶이 아니었다. 그는 성공한 변호사였고 사회와 연대했고 사람들을 도왔고 친절했고 적선하기 좋아했다. 심지어 그는 거지가 다가오면 적선할 수 있는 기회를 얻을 수 있어 기뻐 날뛰었고, 묘지에서 훔쳐 온 꽃이라는 것을 뻔히 알면서도 사 주는 것을 즐겼다. 그런데 그 여자를 죽도록 내버려두었다. 보는 사람이 있었다면 그는 강물로 뛰어 들어갔을까. 그랬을지도 모른다. 그가 실천하며 살아온 선행들이 가식이었다고 부끄러운 의식의 각성이 일어난 것이다. 자기 삶과 완전하게 일치된 삶을 살았다고 생각한 그였는데, 막상 보는 눈이 없으니, 보고 칭찬과 감탄의 눈빛을 전하는 사람이 없으니, 그는 불일치의 언행을 보이고 말았다. 그는 시쳇말로 쪽팔렸다.

그런데 그는 왜 갑자기 자신의 전 생애를 부정할 만큼 전락하기 시작한 건가. 그것은 웃음소리 때문이었다. 여자의 투신을 목격한 그 당시에는 너무 늦었다, 는 핑계를 대며 회피했다. 혹시 여자의 죽음이 신문에 실릴까 봐 의도적으로 신문도 보지 않았다. 그러다가 잊히면 그만이다. 레테의 강물로 목욕하고 물망초(forget-me-not) 같은 꽃들은 멀리하면 그만이다. 그런데 여자가 투신한 지 이삼 년이 지난 어느 아름다운 가을날 저녁, 그는 센 강변에서 웃음소리를 들어 버린 것이다. 돌아보았지만 아무도 없었다. 강을 따라 내려오는 지속적인 웃음소리. 그 조롱하는 듯한 웃음소리가 그를 '거울' 앞으로 데려다 놓은 것이다.

웃음소리는 말해 주었다. 그는 자신만을 사랑했고 사람들을 진정성 없이 건성으로 대했고 사람들 위에 군림하기를 원했고 자신에게 피해가 오지 않는 범위 내에서 타인을 도왔고 육체적인 사랑에 늘 빠져들었지만, 사랑한 여자는 없었다고. 그의 삶은 온통 거짓투성이였다고. 이럴 수는 없다. 이럴 수는 없다.

사실 그가 그렇게 잘못 산 건 아니다. 그는 자신을 너무 사랑하였을 뿐이다. 나르시시스트적인 자기애. 자신에게 만족할 만한 수준 그 이상의 자존감을 선사하고 자신의 능력과 외모, 건강, 재력, 태도, 삶의 수준에 높은 점수를 부여할 수 있는 자기 긍정이 무엇이 잘못이란 말인가. 부정적이고 비관적이고 염세적인 삶의 태도가 아니라 긍정적이고 낙관적이고 낙천적으로 살아가는 그의 삶은 얼마나 우리가 원하는 것이던가. 부조리한 세상에 던져진 외로운 실존은 삶의 의미를 찾아가며 그렇게 자기를 사랑하며 살아가려고 했다. 그게 건성이나 시간 때우기용 심심풀이거나 방탕일 수도 있겠지만.

그는 결국 화려한 도시 파리를 버리고 습한 먼지가 내려앉은 암스테르담으로 떠난다. 그곳에서 속죄판사로서 살기로 결심한 것이다. 웃음소리라는 환청으로 인해 미쳐 버릴 수는 없다. 자신을 버리는 삶이 아니라 자신을 구하는 삶을 살기로 한 것이다. 충만한 자기애로 말도 안 되고 이해되지도 않는 부조리한 세상에 정면 도전하는 것이다. 카뮈의 작품『이방인』,『페스트』,『시지프의 신화』등에서 어김없이 주인공들은 부조리에 맞섰다. 이제 여기에서도 끌라망스는 도무지 이해할 수 없는 부조리를 이해하려 하기보다는 자신의 방식으로 도전하기로 결심한 것이다. 웃음소리라니.

속죄판사라는 게 그렇다. 죄인을 앞에 두고 판사가 속죄한다는 게 말이

안 된다. 속죄는 죄인이 하는 것이고 판사는 죄인을 심판하는 사람이다. 이건 마치 고백의사 같은 느낌이다. 의사가 먼저 자신의 잘못된 습관으로 생긴 병을 고백하고 환자를 치료하는 것이다. 그런 병원이 있다면 환자가 몰릴까, 어이없다고 생각할까. 아무튼 스스로 죄를 회개하면서 심판한다는 것. 이 조화될 수 없는 일을 끌라망스는 해낸다. 어차피 부조리한 세상은 부조리한 해결책으로 맞서는 게 옳다고 생각한 걸까. 그는 암스테르담에 있는 멕시코시티라는 펍에서 만난 사람들에게 먼저 자신의 이야기를 들려주며 과오를 뉘우친다. 자신에 대한 모진 비판의 과정은 타인을 심판할 수 있는 정당성을 확보할 수 있기 때문이다.

자신에 대한 고백과 다른 사람에 관한 이야기, 인간 모두에 해당되는 일들을 버무려 섞다 보면 인간 보편의 공통된 경험이 도출된다. 클라망스는 그 보편성으로부터 우리 모두의 동일한 초상화와 거울을 만들어 내는 것이다.

하나의 초상화와 하나의 거울. 아, 바로 이것이다. 모든 사람의 죄는 구조적으로 동일하다. 이것이 바로 원죄 의식이다. 원죄를 지닌 인간들은 디테일하게는 저마다 그 이유가 다르겠지만 기본적으로는 동일한 이유로 전락했다. 끌라망스는 꿈을 품는다. 속죄판사의 역할을 통해 이 세상 사람 모두를 구원하기로 한다. 자기와 같은 속죄판사를 끊임없이 양산하는 것이다. 이것이 반항의 의지다. 그리고 다시 시작해 보는 것이다. 이번에는 바다로 몸을 던지는 여성이 있다면 누가 보든 안 보든 분명 구해 줄 것이다. 웃음소리로부터 영원히 자유로울.

"오 아가씨, 이번에는 내가 우리 둘을 모두 다 구원할 수 있도록 한 번

> 더 몸을 내던져 주십시오!" 한 번 더라니, 이 얼마나 무모한 말입니까! (…) 물이 얼마나 차가운데요! 하지만 안심하십시오! 지금은 너무 늦었으니까요. 아마 앞으로도 영원히 늦을 겁니다. 천만다행이지요![91]

그러나 그는 그 아가씨를 구해 줄 수 없다. 안타깝지만 너무 늦어버렸다. 앞으로도 영원히 늦어 버릴 것이다. 속죄할 길도 갱생할 길도 없다. 인간은 근본적으로 타락했고 전락했다. 그런데도 다행이다. 그것도 천만다행이다. 그래야만 죽을 때까지 부조리한 이 세상을 직시하며 반항할 수 있을 테니까. 어차피 삶은 별거 없고 지루하다. 인간은 재미있게 살아 보려고 버둥대 보지만, 그 과정에서 좋은 일보다는 나쁜 짓을 더 많이 하며 살아간다. 전락한 인생, 의미 없는 인생, 자책하며 살기에는 너무 짧고 허무하다. 구원의 길은 영원히 늦겠지만 묵묵히 반항하며 살아 보는 것이다. 그러다 보면 죽음의 순간이 오더라도 견딜 만하다. 외려 구원받게 되고 자유로워질 것이다. 이 장면을 보니 『이방인』의 뫼르소가 죽음의 직전에서 외치는 책의 마지막 장면이 오버랩된다. 둘은 닮았다. 반항하며 살아가려는 실존 의지, 바로 그것이다.

> "예컨대 그들은 나를 참수할지도 모릅니다. 그러나 나는 이로써 더는 죽음을 두려워할 필요가 없으니 마침내 구원받게 될 것입니다. 이때 운집한 군중들 위로, 아직 생생한 내 머리를 높이 쳐들어 주십시오. 이들이 여기서 자신과 닮은 점을 발견할 수 있도록, 또 내가 본보기로서 다시금 이들을 지배할 수 있도록 말입니다."[92]

『이방인』의 마지막은 이렇게 끝난다.

> 세계가 그렇게도 나와 닮아서 마침내는 형제 같다는 것을 깨달으면서, 나는 전에도 행복했고 지금도 행복하다는 것을 느꼈다. 모든 것이 완성되도록, 내가 덜 외롭게 느껴지도록, 나에게 남은 소원은 다만, 내가 사형 집행을 받는 날 많은 구경꾼들이 와서 증오의 함성으로 나를 맞아 주었으면 하는 것뿐이었다.[93]

끌라망스와 뫼르소의 의연한 독백을 듣다 보면 죽음조차도 그들에게는 두려운 영역이 아니다. 그런 마음이라면 잘 살아갈 수 있다.

• 에필로그(Epilogue)

평소 글쓰기를 두렵게 생각하지는 않았습니다. 그러나 과녁을 설정한 책 쓰기는 또 다른 문제였습니다. 텃밭에 재미로 상추 몇 포기를 키우는 게 글쓰기였다면, 한 권의 책을 묶는다는 것은 상추가 심어진 땅 옆에 고추, 가지, 오이, 배추, 호박 등을 차례로 심어야 하는 지난한 과정이었습니다. 인문고전을 읽고 난 생각을 그때그때마다 쓴 글을 책을 내려고 한 편, 한 편 다시 다듬는 과정은, 그래서 새로운 식물을 심어 보는 설렘도 있었지만, 밭 전체를 망치지 않을까 하는 두려움의 시간이 되기도 했습니다. 그렇게 이 책은 세상에 첫선을 보입니다.

첫 아이가 태어나 예쁘고 무럭무럭 자라나 세상에 관심을 받으며 자기의 위치를 찾아가길 바라는 게 모든 부모의 심정이지만, 부모도 첫 부모다 보니 서툴기 매한가지입니다. 그래서 제 책이 더도 말고 덜도 말고 덜 예쁘고 덜 관심을 받더라도 우연히 만나는 독자들에게 작은 위로 하나 건네면 좋겠습니다.

글들이 책으로 묶여 새로운 세상에 나올 수 있게끔 도움 주신 분들이 많습니다. 무엇보다도 저와 함께 오랫동안 책 모임을 함께한 '인문학을 통해 바라보는 세상' 회원님들에게 감사의 인사를 드리고 싶습니다. 함께 책을 읽고 생각을 공유하고 참신한 발상을 들을 수 있는 시간들이 제 책의 자양분이 되었음이 분명합니다. 또한 글자 하나하나, 문장 한 줄 한 줄에 신경을 그러모아 의견을 준 가족과 글을 읽고 난 후 자신의 담백한 감정과 소회를 여백에 남겨 준 근, 입안에서 버석거리는 매끄럽지 못한 문장을 찾아 의견을 준 지혜 씨에게도 고마운 마음 전합니다. 책이 출간될 수 있도록 이름 그대로 좋은 땅을 제공해 주신 출판사에도 감사의 인사 남깁니다. 글감옥에서 빠져나오면 따스한 두부 한 모를 입에 넣어 주겠다는 딸아이의 표현은 너무 사랑스러웠습니다.

그나마 더 바라는 게 있다면 이 세상 구석구석에서 저마다 자신의 삶을 살고 계신 모든 독자님들이 인문고전 읽기라는 조금은 승승하게 보일지는 모르지만, 그래서 오래가는 취미를 가졌으면 좋겠습니다. 독서가 취미였던 시절이 한참 전에 지났고, 이제는 취미가 책 읽기라고 말하는 데에는 주변의 눈치를 살피며 용기를 내어야 하는 시대에 살지만, 오롯이 인문고전을 읽고 당당하게 인문고전 읽기가 최고의 취미생활임을 커밍아웃했으면 좋겠습니다. 그 속에서 위로받고 힘을 얻어 주변 사람들에게도 위로를 건네주고, 그러면서도 아레테(Arete)의 세상 안에서 반짝반짝 빛이 나면 더 바랄 게 없겠습니다.

2024년 늦가을이 시작될 때

김준현

위로 한 마디: 내 삶의 주인 되기

가능성을 현실로 바꾸지 못해 포기하고 싶을 때 - 서머싯 몸의 『달과 6펜스』 -

니코스 카잔차키스, 『그리스인 조르바』, 이윤기 옮김, 열린책들, 2000.

서머싯 몸, 『달과 6펜스』, 송무 옮김, 민음사, 2000.

내 마음대로 살지 못한다는 생각이 들 때 - 헤르만 헤세의 『데미안』 -

공자, 『논어』, 김원중 옮김, 글항아리, 2013.

리처드 바크, 『갈매기의 꿈』, 류시화 옮김, 현문미디어, 2003.

스콧 피츠제럴드, 『위대한 개츠비』, 김욱동 옮김, 민음사, 2003.

안도현, 『연어』, 문학동네, 1996.

요한 볼프강 폰 괴테, 『파우스트』, 정서웅 옮김, 민음사, 1999.

제롬 데이비드 샐린저, 『호밀밭의 파수꾼』, 공경희 옮김, 민음사, 2001.

조지 오웰, 『카탈로니아 찬가』, 정영목 옮김, 민음사, 2001.

트리나 폴러스, 『꽃들에게 희망을』, 김석희 옮김, 시공주니어, 2009. 개정판으로 재출간.

헤르만 헤세, 『데미안』, 전영애 옮김, 민음사, 1997.

헤르만 헤세, 『수레바퀴 아래서』, 김이섭 옮김, 민음사, 1997.

지금 여기를 즐기지 못할 때 - 장 그르니에의 『섬』 -

장 그르니에, 『섬』, 김화영 옮김, 민음사, 1997.

버릴 수 없을 때 - 헤르만 헤세의 『유리알 유희』 -

헤르만 헤세, 『유리알 유희』, 이영임 옮김, 민음사, 2011.

제임스 조이스, 『젊은 예술가의 초상』, 성은애 옮김, 열린책들, 2011.

삶에 대한 주인의식이 없을 때 - 프랑수아즈 사강의 『슬픔이여 안녕』 -

김영하, 『나는 나를 파괴할 권리가 있다』, 문학동네, 1996.

프랑수아즈 사강, 『브람스를 좋아하세요』, 김남주 옮김, 민음사, 2008.

프랑수아즈 사강, 『슬픔이여 안녕』, 김남주 옮김, 아르테, 2019.

위로 두 마디: 세상과 관계 맺기

완벽한 소통이 되지 않을 때 - 외젠 이오네스코의 『대머리 여가수』 -

사무엘 베케트, 『고도를 기다리며』, 오증자 옮김, 민음사, 2000.

알베르 카뮈, 『시지프 신화』, 김화영 옮김, 민음사, 2016.

외젠 이오네스코, 『대머리 여가수』, 오세곤 옮김, 민음사, 2003.

외젠 이오네스코, 『외로운 남자』, 이재룡 옮김, 문학동네, 2010.

인싸가 되지 못해 불안할 때 - 율리우스 카이사르의 『갈리아 원정기』 -

시오노 나나미, 『로마인 이야기』, 김석희 옮김, 한길사, 1995.

이문열, 『우리들의 일그러진 영웅』, 다림, 1998.

카이사르, 『갈리아 원정기』, 천병희 옮김, 숲, 2012.

양심을 속이고 싶지 않을 때 - 빅토르 위고의 『레 미제라블』 -

빅토르 위고, 『레 미제라블』, 정기수 옮김, 민음사, 2012.

조세희, 『난장이가 쏘아올린 작은 공』, 문학과지성사, 1978.

다른 사람들의 귀를 점령하고 싶을 때 - 밀란 쿤데라의 『웃음과 망각의 책』 -

밀란 쿤데라, 『웃음과 망각의 책』, 백선희 옮김, 민음사, 2011.

위로 세 마디: 감정과 생각에 지배당하지 않기

불확실한 기억으로 어쩔 줄 모를 때 - 파트릭 모디아노의 『어두운 상점들의 거리』 -

이윤기, 『이윤기의 그리스 로마 신화』, 웅진닷컴, 2000.

파트릭 모디아노, 『어두운 상점들의 거리』, 김화영 옮김, 문학동네, 2004. 개정판으로 재출간.

늘 다이어트에 실패할 때 - 법구의 『법구경』 -

법구, 『법구경』, 한명숙 옮김, 홍익출판사, 2011. 보급판으로 재출간.

유발 하라리, 『호모 사피엔스』, 조현욱 옮김, 김영사, 2015.

비극적인 드라마에 거부감이 들 때 - 아리스토텔레스의 『시학』 -

메난드로스, 『메난드로스 희극』, 천병희 옮김, 숲, 2014.

소포클레스, 『소포클레스 비극전집』, 천병희 옮김, 숲, 2008.

아리스토텔레스, 『수사학/시학』, 천병희 옮김, 숲, 2017.

아리스토파네스, 『아리스토파네스 희극전집』, 천병희 옮김, 숲, 2010.

아이스퀼로스, 『아이스퀼로스 비극전집』, 천병희 옮김, 숲, 2008.

에우리피데스, 『에우리피데스 비극전집』, 천병희 옮김, 숲, 2009.
플라톤, 『국가』, 천병희 옮김, 숲, 2013.

화를 참지 못할 때 - 루키우스 안나이우스 세네카의 『화에 대하여』 -

루키우스 안나이우스 세네카, 『화에 대하여』, 김경숙 옮김, 사이, 2013.
호메로스, 『일리아스』, 천병희 옮김, 숲, 2007.

위로 네 마디: 용기 있게 살기

감정을 과장하고 싶지 않을 때 - 알베르 카뮈의 『이방인』 -

도리스 레싱, 『풀잎은 노래한다』, 이태동 옮김, 민음사, 2008.
알랭 로브그리에, 『질투』, 박이문, 박희원 옮김, 민음사, 2003.
알베르 카뮈, 『반항인』, 유기환 옮김, 현대지성, 2023.
알베르 카뮈, 『시지프 신화』, 김화영 옮김, 민음사, 2016.
알베르 카뮈, 『이방인』, 김화영 옮김, 민음사, 2011.
알베르 카뮈, 『페스트』, 유호식 옮김, 문학동네, 2016.

자기에 대한 믿음과 용기가 약해질 때 - 플라톤의 『소크라테스의 변론』 -

플라톤, 『소크라테스의 변론/크리톤/파이돈/향연』, 천병희 옮김, 숲, 2012.

아무 이유 없이 불안해질 때 - 프란츠 카프카의 『변신』 -

프란츠 카프카, 『변신/시골의사』, 전영애 옮김, 민음사, 1998.
프란츠 카프카, 『돌연한 출발』, 전영애 옮김, 민음사, 2023.

서로 다른 자아로 인해 혼란스러울 때 - 로버트 루이스 스티븐슨의 『지킬박사와 하이드』 -

로버트 루이스 스티븐슨, 『지킬박사와 하이드』, 정윤희 옮김, 인디고, 2016.

위로 다섯 마디: 사랑하고 사랑하기

사랑도 삶도 모두 헛수고라고 생각될 때 - 가와바타 야스나리의 『설국』 -

가와바타 야스나리, 『설국』, 유숙자 옮김, 민음사, 2002.

사랑은 대개 진지해야 한다는 강박관념이 있을 때 - 밀란 쿤데라의 『우스운 사랑들』 -

밀란 쿤데라, 『우스운 사랑들』, 방미경 옮김, 민음사, 2013.

낯선 사람의 친절에 의지하고 싶을 때 - 테네시 윌리엄스의 『욕망이라는 이름의 전차』 -

유진 오닐, 『느릅나무 아래 욕망』, 손동호 옮김, 열린책들, 2011.

테네시 윌리엄스, 『욕망이라는 이름의 전차』, 김소임 옮김, 민음사, 2007.

토마스 하디, 『더버빌가의 테스』, 유명숙 옮김, 문학동네, 2011.

사는 게 시시하다 여겨질 때 - 아니 에르노의 『단순한 열정』 -

아니 에르노, 『단순한 열정』, 최정수 옮김, 문학동네, 2001.

위로 여섯 마디: 의미 그 너머의 의미 있는 삶 살기

비루하고 아무런 존재의 의미도 없다고 여겨질 때 - 다자이 오사무의 『인간실격』 -

김영하, 『살인자의 기억법』, 문학동네, 2013.

다자이 오사무, 『인간실격』, 김춘미 옮김, 민음사, 2004.

피천득, 『인연』, 샘터, 2002. 개정판으로 재출간.

홍자성, 『채근담』, 김성중 옮김, 홍익출판사, 2005. 개정판으로 재출간.

짧은 삶이 서럽다 느껴질 때 - 루키우스 안나이우스 세네카의 『인생의 짧음에 관하여』 -

어니스트 헤밍웨이, 『노인과 바다』, 이인규 옮김, 문학동네, 2012.

LG경제연구원, 『2010 대한민국 트렌드』, 한국경제신문 한경BP, 2005.

키케로 외, 『그리스 로마 에세이』, 천병희 옮김, 숲, 2011.

헨리 D. 소로우, 『월든』, 강승영 옮김, 은행나무, 2011. 개정판으로 재출간.

헬렌 니어링&스콧 니어링, 『조화로운 삶』, 류시화 옮김, 보리, 2000.

의미 없는 순간들을 견디지 못할 때 - 밀란 쿤데라의 『무의미의 축제』 -

밀란 쿤데라, 『농담』, 방미경 옮김, 민음사, 1999.

밀란 쿤데라, 『무의미의 축제』, 방미경 옮김, 민음사, 2014.

밀란 쿤데라, 『참을 수 없는 존재의 가벼움』, 이재룡 옮김, 민음사, 1999.

어떻게 살아야 할지 모를 때 - 레프 톨스토이의 『고백록』 -

레프 톨스토이, 『톨스토이 고백록』, 박문재 옮김, 현대지성, 2018.

야마구치 슈, 『철학은 어떻게 삶의 무기가 되는가』, 김윤경 옮김, 다산초당, 2019.

에밀리 에스파하니 스미스, 『어떻게 나답게 살 것인가』, 김경영 옮김, RHK, 2019.

잘못 살아가고 있다는 생각이 들 때 - 알베르 카뮈의 『전락』 -

알베르 카뮈, 『전락』, 유영 옮김, 창비, 2012.

한나 아렌트, 『예루살렘의 아이히만』, 김선욱 옮김, 한길사, 2006.

• 주(註)

1) 서머싯 몸, 『달과 6펜스』, 송무 옮김, 민음사, 2000, 77쪽.

2) 위의 책, 201쪽.

3) 위의 책, 202~203쪽.

4) 헤르만 헤세, 『데미안』, 전영애 옮김, 민음사, 1997, 129쪽.

5) 위의 책, 123쪽.

6) 위의 책, 200쪽.

7) 장 그르니에, 『섬』, 김화영 옮김, 민음사, 1997, 7쪽.

8) 위의 책, 25쪽.

9) 위의 책, 56쪽.

10) 위의 책, 14쪽.

11) 헤르만 헤세, 『유리알 유희』 제2권, 이영임 옮김, 민음사, 2011, 110쪽.

12) 위의 책, 176쪽.

13) 프랑수아즈 사강, 『슬픔이여 안녕』, 김남주 옮김, 아르테, 2019, 11쪽.

14) 위의 책, 186쪽.

15) 위의 책, 80쪽.

16) 알베르 카뮈, 『시지프 신화』, 김화영 옮김, 민음사, 2016, 49쪽.

17) 외젠 이오네스코, 『대머리 여가수』, 오세곤 옮김, 민음사, 2003, 14쪽.

18) 위의 책, 61쪽.

19) 카이사르, 『갈리아 원정기』, 천병희 옮김, 숲, 2012, 14쪽.

20) 위의 책, 25쪽.

21) 위의 책, 40~41쪽.

22) 위의 책, 56쪽.

23) 빅토르 위고, 『레 미제라블』 제5권, 정기수 옮김, 민음사, 2012, 254쪽.

24) 조세희, 『난장이가 쏘아올린 작은 공』, 문학과지성사, 1978, 68쪽.

25) 빅토르 위고, 2012, 앞의 책, 436쪽.

26) 다자이 오사무, 『인간실격』, 김춘미 옮김, 민음사, 2004, 138쪽.

27) 밀란 쿤데라, 『웃음과 망각의 책』, 백선희 옮김, 민음사, 2011, 152~153쪽.

28) 위의 책, 176~177쪽.

29) 파트릭 모디아노, 『어두운 상점들의 거리』, 김화영 옮김, 문학동네, 2004. 개정판으로 재출간, 7쪽.

30) 법구, 『법구경』, 한명숙 옮김, 홍익출판사, 2011. 보급판으로 재출간, 3쪽.

31) 위의 책, 12쪽.

32) 위의 책, 15쪽.

33) 위의 책, 190쪽.

34) 위의 책, 73쪽.

35) 위의 책, 89쪽.

36) 위의 책, 146쪽.

37) 위의 책, 299쪽.

38) 아리스토텔레스, 『수사학/시학』, 천병희 옮김, 숲, 2017, 377~378쪽.

39) 위의 책, 380쪽.

40) 위의 책, 346쪽.

41) 위의 책, 361쪽.

42) 위의 책, 363쪽.

43) 위의 책, 362쪽.

44) 위의 책, 365쪽.

45) 위의 책, 362쪽.

46) 위의 책, 385쪽.

47) 위의 책, 384~385쪽.

48) 위의 책, 385쪽.

49) 루키우스 안나이우스 세네카, 『화에 대하여』, 김경숙 옮김, 사이, 2013, 35쪽.

50) 위의 책, 48쪽.

51) 아리스토텔레스, 2017, 앞의 책, 129쪽.

52) 루키우스 안나이우스 세네카, 2013, 앞의 책, 248쪽.

53) 알베르 카뮈, 『이방인』, 김화영 옮김, 민음사, 2011, 9쪽.

54) 알랭 로브그리예, 『질투』, 박이문, 박희원 옮김, 민음사, 2003, 13쪽.

55) 알베르 카뮈, 2011, 앞의 책, 44쪽.

56) 위의 책, 141~142쪽.

57) 위의 책, 126쪽.

58) 알베르 카뮈, 2016, 앞의 책, 15쪽.

59) 플라톤, 『소크라테스의 변론/크리톤/파이돈/향연』, 천병희 옮김, 숲, 2012, 18쪽.

60) 위의 책, 31쪽.

61) 위의 책, 46~47쪽.

62) 위의 책, 57쪽.

63) 위의 책, 234쪽.

64) 위의 책, 69쪽.

65) A text of the commencement address delivered by Steve Jobs on June 12, 2005.

66) 프란츠 카프카, 『변신/시골의사』, 전영애 옮김, 민음사, 1998, 9쪽.

67) 위의 책, 73쪽.

68) 프란츠 카프카, 『돌연한 출발』, 전영애 옮김, 민음사, 2023, 32~33쪽.

69) 로버트 루이스 스티븐슨, 『지킬박사와 하이드』, 정윤희 옮김, 인디고, 2016, 147쪽.

70) 위의 책, 167쪽.

71) 가와바타 야스나리, 『설국』, 유숙자 옮김, 민음사, 2002, 7쪽.

72) 위의 책, 33쪽.

73) 밀란 쿤데라, 『우스운 사랑들』, 방미경 옮김, 민음사, 2013, 229쪽.

74) 위의 책, 237쪽.

75) 테네시 윌리엄스, 『욕망이라는 이름의 전차』, 김소임 옮김, 민음사, 2007, 12쪽.

76) 위의 책, 164쪽.

77) 아니 에르노, 『단순한 열정』, 최정수 옮김, 문학동네, 2001, 82쪽.

78) 위의 책, 67쪽.

79) 피천득, 『인연』, 샘터, 2002. 개정판으로 재출간, 137쪽.

80) 홍자성, 『채근담』, 김성중 옮김, 홍익출판사, 2005. 개정판으로 재출간, 37쪽.

81) 다자이 오사무, 2004, 앞의 책, 138쪽.

82) LG경제연구원, 『2010 대한민국 트렌드』, 한국경제신문 한경BP, 2005, 17~18쪽.

83) 키케로 외, 『그리스 로마 에세이』, 천병희 옮김, 숲, 2011, 305쪽.

84) 위의 책, 307~308쪽.

85) 위의 책, 292쪽.

86) 밀란 쿤데라, 『무의미의 축제』, 방미경 옮김, 민음사, 2014, 138쪽.

87) 위의 책, 147쪽.

88) 야마구치 슈, 『철학은 어떻게 삶의 무기가 되는가』, 김윤경 옮김, 다산초당, 2019, 39쪽.

89) 레프 톨스토이, 『톨스토이 고백록』, 박문재 옮김, 현대지성, 2018, 32~33쪽.

90) 위의 책, 76쪽.

91) 알베르 카뮈, 『전락』, 유영 옮김, 창비, 2012, 143쪽.

92) 위의 책, 142쪽.

93) 알베르 카뮈, 2011, 앞의 책, 136쪽.

나를 위로해 주는 사람들

초판 1쇄 발행 2024년 12월 28일

지은이 김준현
펴낸이 이기봉
편집 좋은땅 편집팀
펴낸곳 도서출판 좋은땅
주소 서울특별시 마포구 양화로12길 26 지월드빌딩 (서교동 395-7)
전화 02)374-8616~7
팩스 02)374-8614
이메일 gworldbook@naver.com
홈페이지 www.g-world.co.kr

ISBN 979-11-388-3840-5 (03810)

• 가격은 뒤표지에 있습니다.